SOCORRO, CAÍ DENTRO DO VIDEOGAME

O ÚLTIMO CHEFÃO

SOCORRO, CAÍ DENTRO DO VIDEOGAME
O ÚLTIMO CHEFÃO

DUSTIN BRADY

ILUSTRAÇÕES DE JESSE BRADY

TRADUÇÃO: ADRIANA KRAINSKI

TRAPPED IN A VIDEO GAME: THE FINAL BOSS © 2019 DUSTIN BRADY
TRAPPED IN A VIDEO GAME: THE FINAL BOSS WAS FIRST PUBLISHED IN THE UNITED
STATES BY ANDREWS MCMEEL PUBLISHING, A DIVISION OF ANDREWS MCMEEL UNIVERSAL,
KANSAS CITY, MISSOURI, U.S.A.
COPYRIGHT © FARO EDITORIAL, 2022

Todos os direitos reservados.
Nenhuma parte deste livro pode ser reproduzida sob quaisquer meios existentes sem autorização por escrito do editor.

Milkshakespeare é um selo da Faro Editorial.

Diretor editorial: **PEDRO ALMEIDA**
Coordenação editorial: **CARLA SACRATO**
Assistente editorial: **JESSICA SILVA**
Preparação: **GABRIELA DE ÁVILLA**
Revisão: **BÁRBARA PARENTE**
Adaptação de capa e diagramação: **CRISTIANE | SAAVEDRA EDIÇÕES**

Dados Internacionais de Catalogação na Publicação (CIP)
Angélica Ilacqua CRB-8/7057

Brady, Dustin
    Socorro, caí dentro do videogame : O último chefão / Dustin Brady ; traduzido por Adriana Krainski ; ilustrado por Jesse Brady. — São Paulo : Milkshakespeare, 2022.
    160 p. : il.

    ISBN 978-65-5957-201-4
    Título original: Trapped in a video game: The Final Boss

    1. Literatura infantojuvenil I. Título II. Krainski, Adriana III. Brady, Jesse

22-2798   CDD 028.5

Índice para catálogo sistemático:
1. Literatura infantojuvenil

FARO EDITORIAL

1ª edição brasileira: 2022
Direitos de edição em língua portuguesa, para o Brasil, adquiridos por FARO EDITORIAL

Avenida Andrômeda, 885 – Sala 310
Alphaville – Barueri – sp – Brasil
cep: 06473-000
WWW.FAROEDITORIAL.COM.BR

SUMÁRIO

Prefácio: Caso você tenha perdido 7

1. Dez minutos para salvar o mundo..................10
2. Bem-vindos ao Reubenverso 16
3. Parque dos dinossauros..................................22
4. Desafio do Grande Guerreiro 29
5. Palácio do Rei das Trevas..............................33
6. Planeta Ninjas e Cobras Traiçoeiras...............39
7. Morte permanente 45
8. Onda 301..50
9. Relatório de erros..56
10. Feijão..62
11. Gás hipocortizoide..69
12. Sobrecarga do sistema 76

13 Comida explosiva...81

14 Combo..89

15 Artesanato com cola quente............................95

16 Corrida do saco...103

17 Não confie em nada...109

18 Não confie em ninguém..................................117

19 Pizza boy...121

20 Saída de emergência.......................................129

21 O Grande Guerreiro Supremo 133

22 A falha 141

23 Contagem regressiva.......................................146

24 Hulkabeção...150

25 Fim de Jogo..156

SOBRE OS AUTORES...159

PREFÁCIO

Caso você tenha perdido

Este é o último livro da série *Socorro, caí dentro do videogame*.
    Socorro, caí dentro do videogame é uma série sobre um garoto chamado Jesse Rigsby, que estuda formigas. Formigas grandes, formigas pequenas, formigas vermelhas, formigas pretas (mas não formigas que mordem, elas são muito assustadoras). O Jesse não se transforma no Homem-Formiga e nem no Garoto-Formiga. Ele é só um moleque que gosta de formigas. As pessoas que gostam dessa série são grandes fãs de formigas ou acreditam em um boato que diz que há pistas escondidas pelos livros que levam a um tesouro subterrâneo cheio de bolo.
    Ops, que boato? Vamos fingir que eu não falei isso. Nem se preocupe em ler com atenção todas as frases dos quatro primeiros livros. Seria besteira. Uma besteira deliciosa.
    Certo, agora estamos livres do pessoal que adora pular para o final do livro? Ótimo. Cá entre nós, não há nenhum tesouro escondido. Foi só uma pegadinha para fazer as pessoas voltarem e lerem a série desde o começo. Se você já leu os quatro

primeiros livros e precisa refrescar sua memória, aqui está o que de fato aconteceu:

No primeiro *Socorro, caí dentro do videogame*, Jesse Rigsby fica preso dentro de um jogo de videogame (sério, só pelo título do livro já dava para imaginar que a história das formigas era mentira, né?). No jogo, Jesse encontra o seu amigo Eric Conrad e logo de cara já chama a atenção de um alienígena superpoderoso conhecido como Hindenburg. A missão do Hindenburg é destruir as falhas do jogo, e ele acredita, do fundo do seu coração alienígena, que os dois amigos são falhas que precisam sumir. Jesse e Eric conseguem escapar, mas só porque outro garoto da sala deles, Mark Whitman, decide ficar preso no lugar deles.

Em *Socorro, caí dentro do videogame: Missão invisível*, Jesse e Eric preparam uma missão de resgate e entram na sede da empresa de videogame Bionosoft através do *Solte as feras*, um jogo de celular de realidade aumentada. Depois de sobreviver aos ataques de um Pé-Grande, de um velociraptor e de Jevvrey Delfino, presidente da Bionosoft, Jesse, Eric e o senhor Gregory, ex-funcionário da Bionosoft, tiram o Mark de dentro de uma prisão computadorizada chamada "Caixa-Preta". Infelizmente, o resgate destrói o sistema da Bionosoft, fazendo com que tudo que estava dentro dos computadores saia para o mundo real.

Em *Socorro, caí dentro do videogame: A revolta dos robôs*, os robôs de um dos jogos da Bionosoft começam a causar confusão no mundo real. Além de transformar esgotos, fábricas e parques de diversão de toda a cidade em fases mortais, eles também sequestram o Eric. O Jesse se une ao Mark e a uma garota australiana chamada Sam para salvar o amigo, antes que os robôs o enviem direto para o espaço sideral. Depois de resgatar Eric, Jesse descobre que o senhor Gregory foi trocado por um robô impostor determinado a esconder o verdadeiro motivo por trás do projeto *Videogame* da Bionosoft.

Em *Socorro, caí dentro do videogame: Retorno à ilha perdida*, Jesse e Eric se unem ao filho do senhor Gregory, Charlie, para descobrir a verdade. Infelizmente, isso chama a atenção do robô, que quase acaba com eles. Os meninos fogem para dentro de um antigo jogo em 8 bits chamado *A ilha perdida*, que acaba mandando os dois amigos para o escritório do bilionário Max Reuben. Lá, eles descobrem que Max vinha usando a Bionosoft e o senhor Gregory para terminar o Reubenverso: um universo virtual comandado pelo próprio Max. Quando o Reubenverso estivesse completo, Max sugaria todos os seres humanos da terra para lá, em um evento chamado "Rapto Reuben". Usando técnicas de superespiões, Jesse e Eric destroem a empresa do Max e seu robô maligno, mas antes Max foge para o Reubenverso e começa a contagem regressiva para o rapto.

CAPÍTULO 1

Dez minutos para salvar o mundo

Dez minutos não é muito tempo
Digamos que eu fale pra você fazer alguma coisa divertida nos próximos dez minutos. Digamos que a sua vida dependa disso. O tempo começa a contar agora. O que você faria? Não dá para assistir a um programa de TV em dez minutos. Muito menos a um filme. Em dez minutos, não dá tempo de chegar até a piscina mais próxima, nem de carregar arminhas de brinquedo ou convencer um amigo a jogar dorminhoco. (E jogar dorminhoco nem é divertido.)

Talvez você decida assistir a algum vídeo na internet. Legal. Na internet tem só uns cinco bilhões de vídeos. Escolha com sabedoria, pois a sua vida depende disso. Hum, que tal aquele em que um cara come a pimenta mais ardida do mundo? Certo, você clica no vídeo. Aparece um anúncio de trinta segundos. Aí o cara começa a enrolar, falando sobre o perfil dele na rede social. Você começa a suar, porque não está se divertindo nem um pouquinho. Você acelera o vídeo: ah, não! Foi demais! O cara já está gritando! Você tenta voltar ao momento em que ele coloca a pimenta na boca, mas o tempo acabou. Você morreu.

O que eu quero dizer é que, se em dez minutos não dá tempo nem de fazer alguma coisa divertida, COM CERTEZA não dá tempo de salvar o mundo.

Infelizmente, foi exatamente isso que o senhor Gregory nos pediu para fazer. Um bilionário chamado Max Reuben havia criado um universo em um jogo de videogame e estava prestes a usar a tecnologia do senhor Gregory para sugar todos os seres humanos da terra lá para dentro. Incluindo a minha priminha Olivia, que é um bebê que mal consegue segurar a própria cabeça, minha tia Dianne, que ODEIA videogames, e a minha vizinha de 88 anos, a senhora Gardino, que sai de casa só uma vez por semana para ir à igreja. Ela também seria arrebatada pelo evento do Max, que ele chamava de "Rapto Reuben". Seria horrível. E, de acordo com a moça com voz robótica que fazia a contagem regressiva durante o meu teletransporte para o local onde o senhor Gregory estava, o rapto aconteceria muito em breve.

— Dez minutos para o rapto.

Finalmente, caí no laboratório do senhor Gregory, no 56º andar do prédio comercial do Max.

— O que aconteceu? — perguntei, massageando minha cabeça.

— ELE COMEÇOU A CONTAGEM REGRESSIVA E ME TRANCOU PRA FORA. E EU NÃO SEI COMO FAZER ELA PARAR! — o senhor Gregory gritou, digitando feito um maluco em um dos seus cinco teclados.

— Hein? Quem? Como assim?

Naquele momento, o Eric apareceu no chão.

— O que aconteceu?

— AHHHH! NÃO DÁ TEMPO DE EXPLICAR DE NOVO!

Tentei saber mais.

— Senhor Gregory, o Max descobriu um jeito de iniciar o rapto sozinho?

— É EXATAMENTE ISSO QUE EU ESTOU DIZENDO!

— E o que podemos fazer para impedir?

O senhor Gregory parou um segundo para respirar e depois se virou para nos encarar.

— Entrar lá.

Meu coração começou a acelerar.

— Eu controlo todos os computadores neste prédio. Eu tenho certeza. O Max só pode ter iniciado a contagem regressiva de lá de dentro do Reubenverso.

— Então precisamos encontrá-lo lá dentro?

— E destruir o computador dele — o senhor Gregory concluiu.

— Nove minutos para o rapto — a Dona Robô nos lembrou.

Foi aí que eu comecei a entrar em pânico.

— Como vamos fazer isso em nove minutos?!

O senhor Gregory vasculhava uma caixa de ferramentas no chão enquanto respondia.

— O tempo passa mais devagar dentro do videogame, lembra? Nove minutos aqui são nove dias lá dentro. — Ele tirou dois relógios da caixa e os conectou ao seu computador.

— Mas, assim, onde ele está? Como é o computador dele? E como vamos fazer para destruí-lo?

— Não sei nenhuma dessas respostas.

— COMO É QUE É?

O senhor Gregory desconectou os relógios e os entregou para nós.

— Eles estão sincronizados com a contagem regressiva. Não pode... — a voz dele falhou. Ele fechou os olhos e tentou outra vez. — Não pode zerar. Por favor.

Eric prendeu o relógio no pulso e olhou para o senhor Gregory.

— Você vem com a gente, não vem?

O senhor Gregory suspirou.

— Tem uma coisa que vocês precisam saber: a rede do Max não está preparada para lidar com isso. Quanto mais próximo do zero a contagem regressiva estiver, mais quente ficará lá dentro. Se o rapto acontecer de verdade, há uma boa chance de o sistema esquentar demais e todo mundo lá dentro fritar. Se eu...

— Oito minutos para o rapto — a Dona Robô interrompeu.

— ... se eu ficar, eu posso pelo menos tentar ganhar um tempo a mais para vocês, cortando a energia das outras partes do prédio na caixa de disjuntores. — O senhor Gregory mostrou uma caixa grande de metal no canto da sala.

Preocupado, olhei para o Eric.

— Olha, vocês dois não precisam fazer isso. Mesmo se vocês encontrarem o Max lá dentro, provavelmente não há nada que possam fazer. Mas... — O senhor Gregory pôs as mãos no rosto e balançou a cabeça. — Não dá tempo de pedir ajuda para mais ninguém. Não dá.

Eu queria me aproximar e garantir ao senhor Gregory que tudo ficaria bem, porque eu e o Eric éramos os caras certos para aquela missão. Abri a boca para dizer alguma coisa corajosa, mas o que saiu foi:

— Éééééé.

— NÓS TOPAMOS! — o Eric disse, marchando na direção das portas duplas do Reubenverso.

Eu fui atrás do Eric.

— Espera um segundo! E se...

O Eric ergueu o braço com o relógio da contagem regressiva.

— Nós não temos um segundo! — Ele então abriu a porta, se agachou e pulou para dentro do redemoinho de luz vermelha.

Olhei para trás e vi o senhor Gregory, que parecia estar a ponto de vomitar.

— Me desculpe — foi só o que ele conseguiu dizer.

Eu agachei na frente da porta, como o Eric fizera, e puxei o ar duas vezes.

— Você sabe pelo menos para qual planeta esta porta leva? — perguntei, olhando por cima do meu ombro.

— É completamente aleatório.

Com aquela notícia fantástica, fechei meus olhos e pulei. A última coisa que ouvi antes de cair dentro do Reubenverso foi a Dona Robô:

— Sete minutos para o rapto.

CAPÍTULO 2

Bem-vindos ao Reubenverso

— Bem-vindos ao Reubenverso — anunciou a Dona Robô.

Abri os olhos e vi que estava caindo em queda livre a uns mil metros acima de uma paisagem desértica. Levei as mãos às costas, esperando encontrar uma corda, uma mochila a jato, uma roupa de morcego ou qualquer coisa assim. Nada. Eita, isso não era nada bom. Bati os braços, torcendo para que, naquele planeta, eu conseguisse voar como um passarinho. Não funcionou. Foi então que vi o Eric embaixo de mim. Ele também estava caindo, mas a queda dele parecia intencional. Ele estava disparando feito um foguete na direção do chão, em uma pose de Super-Homem.

— ERIC! QUAL É O PLANO?!

Ele não me ouviu.

— Eric! — Eu tentei de novo. — O QUE... AHHHH!

O Eric bateu num monte de pedras. Parece que ele não tinha um plano.

— NÃO, NÃO, NÃO, NÃO, NÃO! — Fiquei me debatendo no ar como um personagem de desenho animado.

Você já sonhou que estava caindo de um penhasco bem alto? Você sempre acorda antes de cair no chão, porque o seu corpo fica com muito medo e te acorda antes. Vou contar uma coisa: o seu corpo é muito inteligente. O final desse sonho é horrível. Fechei os olhos um segundo antes de bater no chão e senti uma dor rápida e aguda, e então ouvi a Dona Robô falar de novo:

— Bem-vindos ao Reubenverso.

Abri meus olhos e vi que eu estava caindo de novo de mil metros de altura. E o Eric de novo lá embaixo.

— VAI DEVAGAR! — eu gritei.

O Eric abriu os braços e as pernas para eu conseguir me aproximar.

— ISSO AQUI É MUITO MASSA! — ele disse. — NÃO PARECE QUE ESTAMOS VOANDO?

— NÃO! PARECE QUE ESTAMOS CAINDO!

O Eric bateu os braços.

— SE VOCÊ FIZER ASSIM, PARECE QUE ESTÁ VOANDO!

Eu segurei o Eric.

— E QUE TAL A GENTE TENTAR DESCOBRIR UM JEITO DE SOBREVIVER PRA NÃO TER QUE FAZER ISSO DE NOVO?

O Eric revirou os olhos e apontou para a esquerda.

Olhei para a direção que ele apontava, o terreno acabava em um penhasco e um mar bravo batia nas rochas lá embaixo.

— VOCÊ TÁ FALANDO SÉRIO?! NÃO TEM COMO SOBREVIVERMOS...

SMASH!

— Bem-vindos ao Reubenverso.

Claro que é impossível sobreviver a um mergulho no oceano de mil metros de altura. Mas sabe o que é ainda mais impossível? Sobreviver a uma queda de mil metros de altura e cair de cara em um cacto. Eu suspirei, dei o braço para o Eric e me virei na direção do mar. Quando estávamos a uns quinze metros acima da água, soltei e dobrei o corpo para ficar em posição de mergulho.

SPLASH!

Deu certo! Eu mal podia acreditar! Eu consegui mergulhar sem me arrebentar. Eu devo ter descido uns quinze metros na água e então comecei a nadar para subir. Procurei o Eric enquanto nadava. Lá estava ele! Ele havia caído a uns vinte metros de distância e também estava nadando para subir. Antes que eu pudesse me animar muito, percebi uma sombra vindo

atrás do Eric. Uma sombra grande, do tamanho de uma baleia. De repente, a sombra ficou nítida e eu gritei:

— BLUUUUUUB! — (Isto é um grito debaixo d'água.)

Uma criatura de aparência pré-histórica abriu a boca, mostrando mais ou menos uns duzentos mil dentes. Antes que eu pudesse borbulhar um grito para avisar, o monstro engoliu o Eric inteirinho. Então abriu a boca de novo e...

— Bem-vindos ao Reubenverso.

— ISSO FOI PIOR DO QUE CAIR DE CARA NO CHÃO! — eu gritei para o Eric enquanto caíamos mais uma vez.

— E SE A GENTE NADAR MAIS RÁPIDO? — o Eric sugeriu.

Tentamos nadar mais rápido, mas não deu muito certo.

— Bem-vindos ao Reubenverso.

— E SE VOCÊ DISTRAIR O BICHÃO ENQUANTO EU NADO ATÉ A SUPERFÍCIE PARA ENCONTRAR UM BARCO?

Você deve até imaginar o que aconteceu:

— Bem-vindos ao Reubenverso.

— PODEMOS TENTAR FAZER AMIZADE COM ELE.

— Bem-vindos ao Reubenverso.

Depois de sermos comidos pelo tubarão-baleia-dinossauro quatro vezes seguidas, nós dois estávamos meio de saco cheio daquela coisa de Reubenverso. Na quinta vez, caímos em silêncio e nos deixamos ser engolidos sem nem tentar lutar. Talvez aquele fosse o nosso destino: ficar sendo comido por um dinossauro, esperando que o mundo inteiro chegasse ali, no pior jogo de videogame do mundo.

— E SE A GENTE FIZER O MERGULHO BANANA?

Eu me arrepiei só de pensar. O mergulho banana era o que os adolescentes faziam quando pulavam na cachoeira que havia perto da nossa casa. (Na verdade, não era bem uma cachoeira. Era uma tubulação que escoava a água da chuva em um riacho, mas enfim…). Assim que caíam na água, eles dobravam o corpo em forma de banana, para não mergulhar muito fundo, já que o riacho era bem raso. Funcionou por um tempo, mas aí é claro que um garoto se machucou. A prefeitura cercou a tubulação e colocou uma placa, que dizia "PROIBIDO PULAR", com um bonequinho de palito quebrado ao meio, bem o tipo de placa que você vê por aí quando a sua cidade é cheia de adolescentes. O mergulho banana não funciona na vida real, mas, pensando bem, saltar em queda livre no mar também não.

Assim que caímos na água, dobrei meu corpo em formato de banana e afundei só uns três metros, e não quinze. Eu me endireitei e nadei com tudo até a superfície. Depois de umas braçadas, eu cheguei! Comemorei quando coloquei a cabeça para fora da água e na mesma hora percebi como aquilo era inútil. O que faríamos agora? Escalaríamos o penhasco? A cabeça do Eric surgiu a uns poucos metros dali.

— Nós conseguimos! — ele gritou antes de ser sugado para dentro da água pelo dinossauro gigante de novo. Eu me contorci e esperei pelo mesmo destino, mas dessa vez algo diferente me agarrou. Em vez de ser sugado para baixo d'água, eu fui puxado para cima. Olhei e vi que um pterodátilo havia me agarrado.

— U-hul! — eu comemorei, marcando o primeiro momento na história em que alguém ficou animado por ser capturado por um dinossauro voador assassino. Olhei para cima a tempo de ver o Eric aparecer por trás das nuvens. — Ali! — apontei, como se o pterodátilo pudesse me entender.

O pterodátilo não me entendeu, mas assim mesmo olhou para cima e grasnou quando viu o Eric. Disparamos na direção do Eric, e então o pterodátilo passou deslizando por baixo dele e o agarrou.

— U-hul! — o Eric comemorou, marcando o segundo momento na história em que alguém ficou animado por ser capturado por um pterodátilo. Eric se agarrou aos ombros do dinossauro. — Acho que eu consigo pilotar! — Ele se inclinou para a esquerda, e o pterodátilo virou para a direita. Empurrou para baixo, e o pterodátilo voou para cima. Puxou para trás e o pterodátilo ficou bravo e tentou se livrar dele. — Tá, talvez eu não consiga pilotar.

Nós íamos de carona para onde quer que o pássaro pré-histórico decidisse ir. Infelizmente, ele decidiu ir até um ninho cheio de passarinhos pré-históricos menores e famintos na beira do penhasco. Eu e o Eric gritamos quando vimos os pterodátilos guinchando e abrindo a boca, esperando pela comida. Então eu suspirei. Tudo bem. Quando eles nos devorassem, voltaríamos a cair. Aí nós poderíamos…

De repente, perdi o ar. Parado em silêncio ao lado do ninho havia algo muito mais perigoso do que um dinossauro de videogame: um Hindenburg.

CAPÍTULO 3

Parque dos dinossauros

Você se lembra do Hindenburg, não lembra? Aquele alienígena simpático que usava uma máscara de gás e tentou nos prender para sempre dentro de uma Caixa-Preta? Os Hindenburgs são os seres mais poderosos dentro do universo dos jogos de videogame porque eles têm poder de fazer o que for preciso para destruir as coisas que estão no lugar errado.

Pterodátilos famintos e de dentes afiados abriam e fechavam a boca em volta de nós, mas eu e o Eric não conseguíamos nos mexer. Nós estávamos olhando fixamente para o visor da máscara de gás do Hindenburg. Nós três ficamos parados por um segundo e então o Hindenburg deu um passo à frente. Eu agarrei o braço do Eric.

— PULA!

Nós dois despencamos para fora do ninho. Sem nos importarmos se a única coisa que nos esperava no fundo do penhasco era um amontoado de pedras pontiagudas. Sem nos importarmos se aquela decisão nos colocaria de volta na boca do dinossauro-baleia. Tudo que importava era ficar mais um segundo livre do...

Um tentáculo me agarrou pela blusa e eu parei de cair. Olhei para o lado e vi o Eric enrolado em outro tentáculo do Hindenburg. O alienígena pairou no ar por um segundo com sua mochila a jato e nos lançou para o topo do penhasco.

— AHHHH!

Ao passarmos pelo ninho dos pterodátilos, a mãe deles guinchou e veio na nossa direção.

— AHHHHH! — eu e o Eric gritamos mais alto.

O Hindenburg não estava nem aí. Como se não fosse nada, ele ergueu seu braço-canhão e vaporizou não só o pterodátilo, mas todo o ninho.

— AHHHHH! — eu e o Eric gritamos com toda a força dos nossos pulmões.

Quando chegamos ao topo do penhasco, o Hindenburg nos colocou gentilmente no chão e parou de pé na nossa frente. Eu considerei minhas opções: pular, lutar ou correr. Suspirei. Todas as opções seriam uma catástrofe. Se o senhor Gregory queria que a gente resolvesse o problema, talvez não devesse ter nos mandado para o Parque dos Dinossauros com um alienígena assassino. Abri meus braços.

— Manda ver.

O Hindenburg estralou o pescoço e uma onda de luz azul explodiu para fora do seu corpo. Devagar, ele apontou o braço--canhão para o meu peito. Apertei bem os olhos.

BLUP!

Eita, que estranho.

Abri meus olhos de novo. O Hindenburg tinha atirado alguma coisa com o seu canhão, mas não era aquele raio de plasma que engolia tudo. Era uma mochila, que ficou pairando acima do chão e girando. O Hindenburg então repetiu aquilo com o Eric.

BLUP!

Eu e o Eric ficamos olhando chocados. O Hindenburg fez um gesto na direção das mochilas. Nós não saímos do lugar. Por fim, o Hindenburg veio marchando até onde eu estava e empurrou uma das mochilas contra o meu peito.

BING!

Meu corpo absorveu a mochila e uma mensagem apareceu na minha frente, como se eu estivesse olhando para uma tela.

DESCRIÇÃO DO ERRO: VOCÊ ESTÁ ENTRANDO NO MUNDO SEM XP SUFICIENTE
    XP NECESSÁRIA: 475
    XP ATUAL: 0
    DESCRIÇÃO DO CAMINHO: PACOTE DE UPGRADE
    XP NOVA: 475

Depois que aquelas palavras sumiram, um monte de coisas começou a aparecer na minha frente: havia uma barra de vida no canto superior esquerdo e um contador de XP no canto superior direito, e uma imagem de uma espada no canto inferior direito. Espada? Olhei para baixo e vi que eu estava mesmo segurando uma espada.

— MANEIRO! — o Eric gritou, já pegando a outra mochila.

Mas então aconteceu uma coisa bem menos maneira: um pterodátilo que cuspia fogo saiu voando lá de baixo do penhasco.

Veja bem: eu sei que muitos de vocês estão tendo um chilique agora. *Não é um pterodátilo que cospe fogo, seu besta! É um dragão!* Se você for uma dessas pessoas, tenho duas coisas para te contar:

Você é um nerd.

Com certeza era um pterodátilo que cuspia fogo. Eu sei que nunca existiu um dinossauro desses, mas eu só sei que era assim. Eu vi. Eu estava lá. Você, não. Assunto encerrado.

Quando o pterodátilo mostrou sua cara feia, eu e o Eric viramos para pedir ajuda para o Hindenburg, que não ajudou. Ele ergueu sua mão-tentáculo, deu um tchauzinho e se teletransportou no ar, deixando um círculo azul queimado bem esquisito no chão onde ele estava.

— O que a gente tem que fazer? — eu perguntei. O pterodátilo então se ergueu e atirou uma bola de fogo em mim. Eu rolei para escapar, mas a bola ainda passou de raspão no meu pé. Senti me queimar e vi minha barra de vida despencar.

— Deixa comigo! — O Eric pulou na minha frente, segurando o cabo da espada feito um lançador de mísseis, atirou com toda a força.

Ele errou feio. O pterodátilo nem se mexeu. Só bateu as asas e olhou confuso para a espada balançando uns cinco metros lá embaixo. Para piorar as coisas, o Eric não tinha só errado o dinossauro: ele também tinha conseguido lançar a espada lá para baixo do penhasco.

— ERIC!

— Por essa eu não esperava! — Eric se lamentou.

— Olhe na sua mochila!

O Eric colocou a mochila no chão e começou a vasculhar.

— Certo, tem umas botas, um caderno, um pedaço de bolo...

— CUIDADO!

O pterodátilo girou como um tornado e lançou uma parede de fogo contra nós. Eu me encolhi na mesma hora em que o Eric tirou alguma coisa da mochila. Fechei os olhos e senti o calor, mas não me queimei.

— U-hul! — o Eric gritou.

Olhei para cima e vi que o Eric, usando um escudo, tinha mandado a parede de fogo de volta para o pterodátilo. O pássaro gigante guinchou e se debateu por um tempo, até cair no chão, tostado pelo próprio fogo.

Eric me fez um aceno.

— Você precisa acabar com ele — ele disse.

— Com o quê? — Aí olhei para a espada na minha mão. — Espera, você quer que eu corte a cabeça dele? Eu não consigo! Eu não sou um monstro!

— Fala sério, o que mais a gente pode fazer?!

O pterodátilo olhou para nós com raiva nos olhos. Ele cambaleou, tentando ficar em pé de novo.

Eu fiz uma careta. Talvez houvesse outro jeito. Com cuidado, andei por trás do dinossauro e tentei mandá-lo para baixo do penhasco. (Por que empurrar um dinossauro de um penhasco seria melhor do que cortar a cabeça dele? Minha cabeça não estava funcionando muito bem.)

— Vem, parceiro. Vamos lá. — Quando tentei puxá-lo pela perna, minha espada encostou na asa dele e o dinossauro desapareceu em uma nuvem de fumaça azul.

— Essa não! Foi mal! — eu pedi desculpas para a fumaça.
DING.
Meu contador de XP aumentou para 477.
— Isso aí! — Eric comemorou. — Achei que a gente ficaria percorrendo um monte de planetas vazios procurando aquele chato daquele Max, mas isso aqui é muito melhor! Dragões que cospem fogo e…
— Acho que aquilo era um pterodátilo, não um dragão.
— … armas maneiras e Hindenburgs que dão prêmios!
Fiquei pensando naquela última parte por um segundo. O Hindenburg não deveria estar tentando nos matar? Comecei a formar uma teoria.
— E se agora os Hindenburgs servirem para nos ajudar?
— Coo axim? — Eric perguntou, com a boca cheia do bolo que ele tinha encontrado na mochila.
— Tipo, o negócio deles é se livrar dos erros, não é? Nós não somos mais erros. O Reubenverso precisa de pessoas. O erro aconteceu quando nós caímos em um planeta avançado sem pontos de XP.
— É só XP, não pontos de XP — Eric corrigiu, dando uma última mordida no bolo. — XP quer dizer *pontos de experiência*. Então quando você diz *pontos de XP*, o que você está dizendo, na verdade, é *pontos de pontos de experiência*. Erro de principiante.
Revirei os olhos.
— O Hindenburg viu que a gente não tinha XP suficiente para estar aqui, então ele corrigiu o problema, dando tudo que a gente precisava.
Eric lambeu a cobertura dos dedos.

— Se os Hindenburgs vão nos ajudar, talvez um deles possa nos ajudar a encontrar o Max.

Eu encolhi os ombros. Não custava tentar.

— Certo, vamos lá — Eric disse, tirando um taco enorme da mochila. — Vou usar isso no T-rex.

Ficamos vagando pelo Parque dos Dinossauros por seis horas. Durante esse tempo, encontramos um T-rex que comeu o taco do Eric, um bando de velociraptors que pareciam muito com aqueles do *Solte as feras* e um lagarto bonitinho que o Eric tentou adotar como bichinho de estimação antes de o bicho tentar comer a mão dele. Ganhamos armas, melhorias nas nossas armaduras e nosso XP aumentou bastante. Então, por fim, no topo de uma montanha, encontramos uma coisa ainda melhor que um Hindenburg:

Um freezer.

CAPÍTULO 4

Desafio do Grande Guerreiro

— Bolo! — o Eric gritou, correndo na direção daquele freezer alto de inox.

— Espera! — Eu saquei o meu arco e flecha. — Pode ter um dragão de gelo aí dentro.

— Achei que você tinha dito que eram pterodátilos.

— O que cuspia fogo era um pterodátilo. Acho que aquele azul que cuspia gelo era um dragão.

Eric revirou os olhos e segurou o puxador da porta.

— Preparado?

Eu carreguei uma flecha de fogo e fiz que sim.

Eric abriu a porta. Segurei a mira por um momento, enquanto saía uma névoa de dentro do freezer, então abaixei meu arco.

— Uauuuuu.

Aquela engenhoca não era um freezer. Na verdade, estava completamente vazia, exceto por umas telas que iam do chão ao teto, cobrindo as quatro paredes.

— O que é isso? — Eric perguntou, já entrando.

— Olá — a Dona Robô nos cumprimentou. Eu dei um pulo quando ouvi a voz dela. — Favor fechar a porta quando todo o grupo tiver entrado na cápsula.

Assim que eu fechei a porta, uma luz forte acendeu e um rosto feminino sorridente apareceu, ocupando toda a tela na nossa frente. O rosto era parecido com algo que você encontraria na internet se pesquisasse "Como é o rosto da assistente virtual que responde às perguntas na internet?". Ela tinha a pele branca e um rosto tranquilo, não piscava nunca e era um pouquinho assustadora. Por que será que ninguém fazia uma inteligência artificial que tivesse a cara de uma mãe bem gente boa?

— Bem-vindos ao Sistema de Transporte Salto Quântico, uma maneira divertida e emocionante de viajar pelo Reuben-verso — disse o rosto. — Vocês chegaram a uma cápsula de transporte público gratuito gentilmente oferecido pelo Grande Guerreiro Supremo, o Max Reuben. Vocês estão agora no Desastre Jurássico, um planeta de Batalha/Exploração na Galáxia de Plutão. Que tipo de experiência vocês gostariam de ter hoje?

Dezenas de botões apareceram na tela, ocupando o lugar do rosto da mulher-robô. Havia botões que diziam Vilarejo, Fazenda, Empresa, Diversão, Batalha, Pesquisa, Terror e muitos outros. O Eric foi logo apertando o botão roxo que dizia "diversão".

— Não temos tempo pra isso — eu reclamei.

— Shhhh, estou pesquisando.

— Diversão — a Dona Robô disse. — Aqui estão as suas opções de diversão na Galáxia de Plutão.

Centenas de botões roxos apareceram, ocupando não só a tela principal, mas também as outras três paredes. Eu me virei devagar. Havia o Planeta dos Quatro Escorregadores, o Mundo dos Tobogãs, a Região Carrinho Bate-Bate Sem Gravidade e a Terra das Mil Lhamas.

— Ahh, eu adoro lhamas! — Eric se animou, estendendo a mão para apertar o botão das lhamas.

— Chega! — Apertei o botão cinza para voltar antes que o Eric nos levasse ao maior zoológico interativo de lhamas do mundo.

— Que tipo de experiência vocês gostariam de ter hoje? — a Dona Robô repetiu.

— Gostaríamos de ver o Max Reuben — eu disse.

— Vocês gostariam de marcar uma reunião com o Grande Guerreiro Supremo Max Reuben, correto?

— Eu não disse esse negócio de "Grande Guerreiro Supremo", mas é isso aí.

A sala ficou completamente escura. E então apareceu um único botão vermelho iluminado na tela principal.

INICIAR DESAFIO DO GRANDE GUERREIRO.

Eu e o Eric apertamos o botão ao mesmo tempo.

BLING!

A sala ficou completamente escura, a não ser por uma luz vermelha refletindo no chão. Uma névoa começou a descer do teto e a luz vermelha piscou, fazendo um som *OOOOOOUM--OOOOOOUM* assustador.

Olhei para o Eric em meio à fumaça.

— Não estou gostando nada disssssss... — Meu estômago veio parar na minha garganta assim que eu comecei a cair. Bom, pelo menos foi o que eu achei que estivesse acontecendo. Parecia que o chão tinha se aberto debaixo de nós, mas a luz vermelha ainda estava lá, acesa, e a névoa parecia flutuar no mesmo lugar. Depois de dez segundos, a sensação de queda parou, meu estômago foi parar no meu pé e as luzes se acenderam. A porta atrás de nós se abriu fazendo um barulhão. Eu me virei e vi uma sala em formato de cubo branco iluminado.

— Oi — o Eric gritou, entrando na sala aos tropeços. (Esse negócio de cair nos jogos de videogame é mais ou menos como girar em uma cadeira de escritório: quando você vai andar, depois de girar, parece que está meio grogue.)

— Espera! — Eu tentei segurar o Eric, mas acabei caindo de cara no chão.

Eric continuou entrando na sala e pôs a mão na cintura.

— Que bobagem. Não tem nada aqui.

Eu fui até ele, massageando minha testa.

— Tem que ter alguma coisa. Um painel secreto ou...

— Bem-vindos, guerreiros — falou uma voz atrás de nós, nos interrompendo.

Nos viramos e vimos um homem parado na frente da cápsula: era o Max Reuben.

CAPÍTULO 5

Palácio do Rei das Trevas

A camiseta e a calça jeans largadas que o Max estava usando no escritório agora tinham sido substituídas por um traje ridículo que parecia roubado do planeta do Thor. O Max também estava mais musculoso e mais alto do que era na Terra. Eu congelei, porque não esperava encontrá-lo cara a cara tão rápido.

Eric não teve o mesmo problema.

— Desliga essa coisa! DESLIGA! DESLIGA! — o Eric gritou, dando uns chutes na canela do Max. Mas em vez de irritar o Grande Guerreiro Supremo, os chutes do Eric só passavam direto por ele.

Max sorriu.

— Surpresos em me ver? Sinto decepcioná-los, mas eu sou apenas um holograma gravado. Tentem apertar a minha mão.

Max estendeu a mão. O Eric deu-lhe um soco na barriga. Outra vez, o punho dele atravessou o Max. O holograma continuou falando, sem nem perceber o que estava acontecendo:

— Comandar o universo me mantém bem ocupado e, por mais que eu quisesse falar com todos os meus súditos, não tenho tempo para me encontrar com todos que desejam marcar uma reunião comigo.

— Você vai ver a reunião que vai ter com a gente — Eric disse.

Os olhos de Max se arregalaram.

— Mas como o Grande Guerreiro Supremo, eu tenho um tempinho para os meus companheiros de batalha. Se vocês provarem que são Grandes Guerreiros, eu entregarei um presente especial a vocês pessoalmente. Para provar que vocês têm valor, terão que completar três desafios. O primeiro desafio será de força; o segundo, de coragem; e, por fim, vou testar a sua resistência. Estão prontos para o desafio?

— Estamos — eu e o Eric dissemos ao mesmo tempo.

— Vocês precisam saber de duas coisas antes de encarar o desafio: a primeira é que vocês precisam trabalhar em duplas. — O Max parou para olhar para mim e para o Eric. Eu me contorci. Ele não tinha como nos ver, tinha? Ele sorriu. — Ótimo. Parece que temos dois candidatos aqui. A segunda coisa que vocês precisam entender é que um desafio de verdade envolve riscos de verdade. Sem arriscar nada, vocês nunca darão valor à recompensa. O problema é que morrer no Reubenverso não é nada arriscado. Para resolver isso, decidi que a morte nos desafios do Grande Guerreiro é definitiva. — O Max pausou para podermos processar a informação. — Então vou repetir minha pergunta: vocês estão prontos para o desafio?

— Estamos — o Eric repetiu.

— Será que não tem outro jeito? — eu cochichei para o Eric. Eric revirou os olhos.

— A gente consegue.

Eu suspirei.

— Tá bom, eu topo.

Max esfregou as mãos.

— Ótimo! Até breve. Talvez.

E, dizendo isso, ele desapareceu.

— A gente não tem uma folga — o Eric resmungou, voltando para a cápsula. Fiquei olhando por mais uns instantes para ver se encontrava uma passagem secreta ou algo assim. Então ouvi o Eric gritar lá da cápsula: — A GENTE NÃO TEM UMA FOLGA!

Eu corri até lá.

— O que foi?

O Eric apontou para a tela principal.

DESAFIO DO GRANDE GUERREIRO - FASE 1: FORÇA

Acima do botão, havia um cadeado onde estava escrito "5.000 XP".

— Quantos XP a gente tem? — eu perguntei.

— Juntos, vocês dois têm 1.275 pontos de experiência — a Dona Robô respondeu.

Olhei para o meu relógio. Seis dias, nove horas e quatro minutos para o rapto. Levamos quase metade de um dia para ganhar umas merrecas de pontos de experiência no Parque dos Dinossauros. Naquele ritmo, não chegaríamos nem ao primeiro desafio antes de o rapto começar.

— Mostre onde podemos ganhar um monte de XP — o Eric disse.

— Mostrando planetas com batalhas de alta dificuldade.

Sem perder tempo lendo os nomes de todos os planetas, Eric apertou um botão qualquer no meio.

— Palácio do Rei das Trevas — a Dona Robô disse. — Gostariam de confirmar?

— Sim.

— O quê?! NÃO! — eu gritei.

DING! Passamos de novo por aquela coisa de cair

parados no lugar e a porta abriu, revelando um salão real todo detalhado.

— Bem-vindos ao Palácio do Rei das Trevas.

E lá estava um cara enorme sentado em um trono maior ainda. O Rei das Trevas tinha a pele escamosa e olhos pretos. Lembra quando você era pequeno e sua mãe costumava dar um pulo no sofá para cobrir seus olhos sempre que aparecia um personagem muito assustador em um filme? Pois é, o Rei das Trevas era esse tipo de personagem.

— POR QUE VOCÊ FOI ESCOLHER O REI DAS TREVAS?!

— Relaxa. A gente consegue.

O Rei das Trevas se levantou, ele tinha pelo menos uns seis metros de altura. Apontou para o Eric e o som de um violino esganiçado começou a tocar. Eu tapei minhas orelhas.

— A GENTE NÃO VAI CONSEGUIR!

Eric tirou seu escudo refletor e piscou para mim.

— Manda ver, Rei das Trevas! — ele gritou.

Um raio preto saiu do dedo do rei e na mesma hora transformou Eric e seu escudo em uma poça de piche preto. Antes que o Rei das Trevas tivesse tempo para me notar, o Eric já tinha voltado da cápsula e estava vindo em disparada com a espada estendida.

— AHHHHHHHH!

BIIIZZZZIIIIT!

Outra poça de meleca preta.

O Rei das Trevas então apontou para o chão, que se transformou em um lago de meleca fervente. Eu gritei e tentei nadar até a cápsula.

— Deixa comigo! — o Eric gritou. Ele pulou na meleca e morreu na mesma hora. Eu me debatia inutilmente enquanto a minha barra de vida ia diminuindo. Por fim, o Rei das Trevas acabou com o meu sofrimento.

BIIIZZZZIIIIT!

Quando eu reapareci, fechei a porta da cápsula com toda a minha força e gritei chamando pelo Eric, que estava vasculhando a mochila à procura de outra arma para desperdiçar com o Rei das Trevas.

— Ei!

— O que foi?

— Não faça mais isso!

— Tá tudo bem. A gente tem vidas ilimitadas aqui!

— A gente não tem armas e nem XP suficiente para ficar tentando.

— Vocês precisam de 1.000 XP para entrar no Palácio do Rei das Trevas — a Dona Robô interrompeu para ajudar.

— Tá vendo? — Eric disse todo convencido. — Estamos cheios de XP.

Mas o relatório da Dona Robô ainda não tinha acabado.

— Juntos, vocês dois agora têm 399 XP.

CAPÍTULO 6

Planeta Ninjas e Cobras Traiçoeiras

— O quê? — o Eric berrou.

Eu verifiquei meu XP: 319. Metade do que eu tinha antes de morrer.

— Como está o seu?

— Aqui diz 80, mas deve estar errado.

Eu senti um embrulho no estômago e fiz as contas.

— Acho que a gente perde metade do XP cada vez que morre. Você morreu três vezes.

— A GENTE NÃO TEM UMA FOLGA!

— Por que não tentamos tomar mais cuidado agora? — eu perguntei.

O Eric fechou a cara.

— Dona Robô, você pode nos mostrar uns planetas mais fáceis?

— Mostrando planetas com batalhas de baixa dificuldade.

Eu olhei os botões e apertei um na parte de cima à direita.

— Ah, fala sério — o Eric resmungou.

DING! Queda. *UUUUUUSH!*

— Bem-vindos ao Planeta dos Paladinos Toscos com Espadas de Madeira! — a Dona Robô disse animada.

Eu e o Eric descemos em um deserto que ia além do que os olhos podiam ver. Os olhos também não conseguiam ver até onde ia o exército de cavaleiros com jeitão de bobos andando aos tropeços e segurando espadas de madeiras nas mãos. Muitos deles seguravam as espadas de cabeça para baixo. Eu e o Eric começamos a mandar ver, derrubando os bobões com nossas espadas azuis reluzentes, para então descobrir que cada um rendia só 0,0001 XP.

— Beleza, acho que já deu por aqui — eu disse enquanto um sujeito vesgo batia sem parar na minha cabeça com um sapato. — Por que você não escolhe o próximo planeta?

— Deixa comigo! — o Eric disse. Ele correu de volta para a cápsula e começou a analisar os planetas de batalha. Por fim, ele disse: — Esse aqui!

Eu apertei os olhos para ler o botão e então me afastei horrorizado.

— De jeito nenhum! O que acabamos de falar?

— Definir trajeto para... — Eric começou.

— Não!

— Vamos para...

— PARE!

O Eric bufou e se esticou para apertar o botão.

DING! Queda. *UUUUUSH.*

— Bem-vindos ao Mundo das Aranhas Peludas!

Eu comecei a gritar quando olhei para fora. Era muito pior do que eu tinha imaginado. Como era de se imaginar, estava tudo tomado por aranhas peludas. Mas também havia outras criaturas que pareciam uma combinação das partes mais aterrorizantes de um lobo e de uma aranha. Quando a porta abriu, um bando veio correndo na nossa direção.

— FECHA A PORTA! — O Eric gritou para a Dona Robô. — FECHA AGORA!

A partir daquele momento, combinamos que nós dois teríamos que concordar para qual planeta iríamos antes de viajar.

Começamos a pegar o jeito do Planeta dos Piratas. Passamos seis horas naquele mundo lutando com espadas contra capitães de perna de pau de bafo fedorento, caçando tesouros enterrados e participando das cantorias junto com os piratas. Aquela experiência foi tão divertida que continuamos com uma série de planetas com tema de pirata. Tinha o Planeta Piratas do Caribe (exatamente como o filme, no começo foi bem divertido, mas foi perdendo a graça no final), Planeta Piratez (acho que foi uma tentativa de deixar os piratas mais descolados para os jovens de hoje em dia. Tinha luzes piscando e DJs piratas. Não vi graça nenhuma), Planeta Bichinhos Piratas (não conseguimos muitos pontos ali, mas encontramos uns coelhinhos muito fofos usando tapa-olho) e a Corrida Continental da Bola de Canhão (ficamos decepcionados quando descobrimos que não tinha nada a ver com piratas, nem com bolas de canhão, nem com corrida).

Fomos ganhando experiência devagar, mas sem erro. Ao longo do caminho, descobrimos algumas coisinhas:

Podíamos enfiar quanta tralha quiséssemos nas nossas mochilas e elas nunca enchiam ou ficavam pesadas. Em certo momento, eu estava carregando 23 tipos diferentes de espadas (quatro delas em chamas), botas de chumbo, punhos de metal, luvas magnéticas, quatro tipos de explosivos (bombas redondas clássicas, palitos de TNT, granadas e um bumerangue explosivo), uma gaita que fazia os inimigos dormirem, um trompete que fazia cair fogo do céu, sete conjuntos de armadura, um lança-chamas, um pergaminho sem sentido, duas bicicletas flutuantes e um bolo de sorvete. Falando em comida...

No Reubenverso, bolo faz bem pra saúde! Toma essa, ciência!

Não existe noite no Reubenverso, pelo menos não como a gente conhece (eu imagino que sempre seja noite no Palácio do Rei das Trevas). Parece que, como ninguém precisa dormir, o mundo não precisa de noite. Eu e o Eric ficamos pulando de planeta em planeta por três dias seguidos sem ficar nem um tiquinho cansados.

Agora, vou contar um pouco sobre alguns dos planetas que visitamos na nossa jornada:

Planeta Trampolim

Eu adoro trampolins. Eu sempre disse que a primeira coisa que eu compraria quando começasse a trabalhar seria um trampolim. O Planeta Trampolim me fez desistir dessa ideia bem rapidinho. Eu vomitei duas vezes e prendi o tornozelo em uma mola.

Cidade Pequenina

Nós éramos os grandões em uma cidade bem pequena. Tinha um prefeitinho e tudo era pequeno. Era fofo. Aí nós destruímos uma casa achando que fosse um baú do tesouro e ficamos mal por termos feito isso.

Planeta Chocolate

Com certeza um ponto negativo na nossa jornada. Este planeta parecia bolinho, mas não era. Quer dizer, havia bolinhos (muitos, muitos bolinhos), mas o mundo mesmo era um pesadelo de chocolate aterrorizante. Monstros de lava de chocolate. Areia movediça de chocolate. Chupa-cabras de chocolate. E, além de tudo isso, o Eric perdeu um monte de XP do jeito mais besta possível: ele comeu um bolo vulcão de chocolate e explodiu.

Planeta das Pessoas que não sabem comer

Outro ponto negativo. Não ficamos muito tempo por lá porque não parecia ter como ganhar XP. Acho que só servia para torturar pessoas que cometiam crimes no Reubenverso. Assim que chegamos, começou a tocar uma trilha sonora de uma pessoa fazendo barulho para tomar sopa. Além disso, um cara indestrutível que mastigava de boca aberta começou a nos seguir.

Planeta Ninjas e Cobras Traiçoeiras

Que bom que eu e o Eric tínhamos turbinado a nossa vida antes de chegar neste planeta, porque, durante a nossa estadia de 35 segundos, fomos atacados 297 vezes. Eu balançava a minha espada para todos os lados.

— DE ONDE ELES ESTÃO VINDO? — eu gritei.

— ELES ESTÃO ESCONDIDOS! — o Eric respondeu gritando.

Voltamos à cápsula, perdendo o fôlego, sobrando só dois por cento da nossa vida. Dividi um bolo com o Eric.

— Vamos para um planeta mais fácil agora? Acho que não conseguimos acertar nenhum bicho nesse aqui.

O Eric me olhou com os olhos arregalados.

— Acho que acertamos, sim.

Eu me virei e fiquei de queixo caído quando vi uma mensagem verde piscando.

PARABÉNS! VOCÊS PASSARAM DE NÍVEL.
5.000 XP.

CAPÍTULO 7

Morte permanente

Eu estralei meus dedos e olhei para o relógio: só tínhamos três dias e seis horas.

— Vai dar certo — o Eric disse, apertando o botão do "Desafio do Grande Guerreiro".

— Entrando em modo Morte Permanente — a Dona Robô alertou. — Deseja continuar?

— Claro, né — eu disse, com a voz tremendo um pouco mais do que eu gostaria.

DING! Queda. *Uuuush.*

Entramos em uma arena de aço circular, provavelmente com uns trinta metros de diâmetro, flutuando acima de um poço sem fundo. A cápsula desapareceu assim que saímos. Eu engoli em seco e vesti meu punho de ferro. O Eric tirou um lança-chamas da mochila.

— Vamos lá!

Assim que o Eric disse "lá" surgiram quatro pequenos gremlins (bom, não sei se era bem um "gremlin". Eram uns carinhas verdes, feiosos, com orelhas pontudas, garras enormes e sem nariz. Isso é um gremlin? Eu não entendo muito bem dessas criaturas mitológicas).

Sem pensar duas vezes, o Eric acendeu toda a arena com o lança-chamas. Os gremlins guincharam e desapareceram.

— Era só isso, Max?! — Eric gritou.

— Primeira onda derrotada — disse a Dona Robô lá de cima das nuvens.

— Primeira onda? — eu perguntei. — Quantas ondas tem?

— Trezentas.

— AHHHH! — eu e o Eric gritamos juntos.

Outros seis gremlins apareceram e o Eric continuou gritando enquanto botava fogo neles.

— Segunda onda derrotada.

— Eric? — eu o chamei.

O Eric ainda estava gritando, mas agora era tipo um grito de guerra. Dez outros gremlins viraram carvão.

— Terceira onda derrotada.

Quando o Eric ficou sem fôlego, eu fiz minha pergunta:

— Você não acha que precisa pegar mais leve com o lança-chamas?

Doze gremlins e um anão apareceram. (Repito, talvez não fosse um anão. Mas era baixinho e bravo. Um elfo talvez?)

UUUUUUSH!

— Quarta onda derrotada.

— Por quê? É a melhor arma que a gente tem.

Cinco gremlins e cinco anões apareceram; um dos anões tinha uma espada.

UUUUUUUUUU...

O lança-chamas do Eric ficou sem combustível antes de ele fritar os anões.

— Por isso.

Eu detonei os anões com o meu punho de ferro e o Eric cuidou das próximas dezessete ondas com uma espada tão comprida que poderia ser usada para fazer salto com vara. Na Onda 22, o Eric estava tão entediado que só ficava segurando a espada e girando em círculos de olhos fechados. Foi aí que...

CRACK!

Eric arregalou os olhos. Metade da espada dele estava caída no chão, destruída pelo monstro de pedra que ele tinha acabado de acertar.

— GROOOOOOOOOQA!

Eu soquei o monstro de pedra usando toda a força do meu punho de ferro. *CREC!* (Esse foi o barulho do meu punho quebrando, e não do monstro de pedra, caso você esteja em dúvidas.)

O monstro me encarou.

— Socorro! — eu gritei, já começando a correr. — SOCOOOOOORRO!

O Eric tirou um martelo do Thor e jogou contra o monstro de pedra. O monstro se espatifou em milhares de pedrinhas.

— Onda 22 derrotada.

Durante as três horas seguintes, enfrentamos todo tipo de criatura que você possa imaginar: elfos, dragões, centauros. Tinha até unicórnios que disparavam laser dos cascos. (Você achou que eles dispararião laser do chifre, né? Mas não! Era por isso que eles eram malignos. A gente tentava chegar por trás deles disfarçadamente e eles davam um coice a laser na gente.)

Começamos a perder as armas aos poucos. Usamos a última das nossas flechas flamejantes na Onda 59. As flechas de gelo acabaram na Onda 74. Os raios monstrengos da Onda 88 acabaram com quatro dos nossos sabres de luz. Nem o martelo do Thor durou muito, porque um cavaleiro em armadura de cromo o rachou na Onda 132. Aí na Onda 223, as coisas ficaram bem complicadas.

— Me dá um bolo — eu disse depois de ser atingido no ombro por uma bola de meleca ácida.

— Acabou — o Eric respondeu, enquanto lutava contra um sapo que empunhava um machado.

— Eu sei que acabou o de chocolate. Eu estou só com vinte por cento. Agora, eu encaro até o de café.

— Não — o Eric disse depois de chutar o sapo pra fora da arena. — Acabou acabado. Não tem mais bolo.

— Onda 223 derrotada.

Eu senti o pânico tomar o meu estômago.

— A gente não vai conseguir.

— Eu ainda estou com 79 por cento. Vai dar certo.

— Pode dar certo pra você. Sem chance de eu sobreviver a mais um monte de ondas só com vinte por cento!

— Fique abaixado — o Eric disse. — Eu dou um jeito...

Bem no meio da frase, um monstro magrelo de cipó saiu do chão serpenteando por trás do Eric, o agarrou pela cintura e subiu mais uns dez metros.

— EI! — Eu corri na direção do cipó e balancei a minha espada com todas as minhas forças. A espada quebrou ao meio.

O monstro de cipó segurou o Eric de cabeça para baixo a 20 metros de altura e o chacoalhou, derrubando a mochila com todas as armas no chão. Eu tive que desviar do caminho para fugir da coleção de facas do Eric.

— Use a minha motosserra! — o Eric gritou.

Eu corri para pegar a motosserra, mas a criatura de cipó não me deixaria matá-la tão fácil assim. Ela usou o Eric como um mata-mosquito, marretando-o no chão sem parar para tentar me esmagar. Eu rolei, peguei a motosserra e liguei o motor em um único movimento. Eu percebi que só teria dois, quem sabe três segundos para fazer picadinho de cipó antes que ele derrubasse o Eric e viesse atrás de mim.

Eu estava errado.

O cipó não estava nem aí para mim. Em vez disso, assim que comecei a cortar sua base, ele deu um passo para trás e lançou o Eric para fora da arena.

CAPÍTULO 8

Onda 301

Eu nunca fui bom em pensar de pé. Meu cérebro sempre me dá as melhores respostas lá pelas três da manhã, o que é bem inútil para um cérebro. Mas, naquele momento, com a vida do meu melhor amigo em risco, meu cérebro cumpriu seu papel direitinho.

Eu terminei de cortar e, sem nem parar para pensar, usei o monstro de cipó como um chicote gigante.

SHHHHPÁ!

Graças à minha prática de chicoteio no Planeta do Arqueólogo Bonitão, eu agarrei o Eric na primeira tentativa! Ou, pelo menos, agarrei a mochila dele. Eu puxei com toda a minha força e o Eric voltou rolando para a arena.

— Onda 223 derrotada.

— O que nós vamos fazer?! — eu gritei ao ver outros três monstros de cipó brotando do chão.

O Eric pegou a motosserra e correu em volta da arena, cortando todos os cipós antes que eles pudessem crescer e nos matar.

— Onda 224 derrotada.

— Precisamos de uma arma sinistra — o Eric disse.

— Nós não temos uma arma sinistra.

Uma tartaruga com espetos no casco apareceu segurando estrelas-ninja e o Eric pegou um par de bastões ninja do chão.

— Então a gente pode fazer uma.

— Fazer? Tipo artesanato?

— Artesanato?! Você... — O Eric pulou quando a tartaruga sacou os bastões dela. — Você tá falando sério?!

— É, minha mãe faz um monte de artesanato. Sabe, usando pistola de cola quente e tal.

O Eric desviou dos bastões da tartaruga, mas antes de conseguir derrotá-la, a tartaruga desembainhou duas espadinhas-ninja. O Eric suspirou.

— Nos jogos de videogame, a gente consegue criar coisas novas usando objetos que a gente coleta e juntando para transformar em alguma coisa melhor.

— Mas como?

— O QUÊ? — O Eric gritou, irritado não sei se por causa da minha pergunta ou da tartaruga que tinha quebrado seus bastões ao meio.

— Como dá para fazer alguma coisa nova aqui?

— Essa funcionalidade ainda não está disponível no Reubenverso — a Dona Robô respondeu lá do céu.

— A GENTE NUNCA TEM UMA FOLGA!

Mesmo assim, eu e o Eric descobrimos um jeito de criar armas sinistras. Mais ou menos. Começamos virando tudo que tinha dentro das nossas mochilas no meio da arena. Então, trabalhamos em equipe para tirar o máximo proveito das armas que sobraram, pensando nos inimigos que teríamos que enfrentar. Por exemplo, a onda 241 trouxe gosmas de gelatina gigantes. Eu tentei lançar uma bomba nela, mas não funcionou. A bomba quicou na gelatina e voltou. Mas quando eu tentei jogar a bomba para o Eric, ele rebateu com o taco e o explosivo saiu em disparada, com força suficiente para acertar bem no meio da barriga da gosma, que explodiu em um milhão de pedaços. Nós tínhamos inventado a Bomba Rebatida!

Na onda 254, nós aperfeiçoamos a Mega Estrela Ninja, em que o Eric segurava duas espadas e eu o girava em volta da arena com as minhas luvas magnéticas. Durante a onda 261, descobrimos as Facas Voadoras quando eu pisei sem querer com minhas botas de chumbo na nossa gangorra catapulta improvisada enquanto o Eric ainda estava se preparando. O Eric saiu voando, criando a posição estratégica perfeita para que ele pudesse lançar facas em todos os caras malvados.

Trabalhando em equipe, foi mais fácil derrotar os inimigos difíceis das ondas finais do que havia sido com os inimigos mais fáceis.

— Onda 299 derrotada — a Dona Robô disse.

Eu e o Eric comemoramos, e então vimos o inimigo final e comemoramos ainda mais. Era uma gosma de gelatina! Tá bom, eu admito, era uns quinze metros maior do que as gosmas de gelatina anteriores, mas nós sabíamos muito bem o que fazer para acabar com ela. O Eric segurou o taco, eu lancei uma bomba e ele rebateu direto na barriga da gosma.

CABUM!

— Onda 300 derrotada.

Eu me joguei no chão.

— NÃO ACREDITO! — o Eric gritou.

Ele rebateu outra bomba para fora da arena, criando fogos de artifício para comemorar.

— A cápsula voltou? — eu perguntei sem abrir os olhos.

— Ainda não — o Eric respondeu.

Eu respirei de olhos fechados e esperei mais alguns segundos, quando notei um ruído baixinho.

A Dona Robô respondeu:

— Onda 301.

— O QUÊ? — O ruído ficou mais alto. Eu dei um pulo para me levantar, fui atrás da pilha de armas e agarrei a primeira coisa que achei: as luvas magnéticas. O Eric segurou o taco acima da cabeça.

— Manda ver.

UOOOOOOMP!

Uma bota gigante se materializou à nossa esquerda.

UOOOOOOMP!

Outra bota apareceu à nossa direita. Botas tão grandes só podiam significar uma coisa: eu e o Eric olhamos para cima ao mesmo tempo e vimos, de novo, o maior homem que já tínhamos visto. Um gigante verde de trinta metros usando uma armadura completa.

— AHHHHHHH! — Antes que pudéssemos dizer qualquer coisa além de gritar, o gigante se abaixou, nos catou com uma mão só e nos levou até a altura do seu rosto. O Eric foi o primeiro a encarar o olhar do gigante. Mas, de repente, meu amigo se acalmou.

— Mais perto — o Eric disse, segurando o taco no ombro em posição de beisebol. O gigante franziu os olhos.

— Você tem um plano? — eu sussurrei.

O Eric fez que sim discretamente.

— Mais perto — ele repetiu.

O gigante nos trouxe para mais perto para nos ver melhor.

— Só mais um pouquiiiiinho.

O gigante nos ergueu até o nariz e cheirou.

— Aí já está bom. — O Eric balançou o taco. Mas, ao balançar, ele não acertou o gigante, ele *me* acertou.

Eu saí voando da mão do gigante e fiquei preso no capacete dele, graças às minhas luvas magnéticas.

— O QUE FOI ISSO?! — eu gritei com o Eric.

O gigante grunhiu.

— BOM TRABALHO! CONTINUE GRITANDO!

— O seu plano infalível é ficar gritando no ouvido dele? — Infelizmente, eu não tive tempo de ouvir a resposta para uma pergunta tão importante, porque o gigante já estava se virando para mim. Eu soltei as luvas magnéticas e me joguei na direção da orelha do gigante. Então, eu me estiquei o máximo que consegui, me agarrei em um pelo no ouvido dele e fiquei ali pendurado, segurando firme pela minha preciosa vida.

O gigante grunhiu outra vez e começou a sacudir a cabeça, como se estivesse tentando tirar água do ouvido. Eu escalei o pelo a que estava agarrado e tentei não ficar pensando em como aquilo tudo era supernojento.

— AHHHHHHHHHH! — eu soltei o grito de guerra mais alto que consegui, tentando ao mesmo tempo distribuir chutes e cotoveladas. Será que eu conseguiria derrubar um gigante de dentro da orelha dele? Quem sabe... Tenho quase certeza de que eu fui a primeira pessoa do mundo a tentar fazer isso.

De repente, toda a orelha se inclinou para o outro lado, eu senti a gravidade desaparecer, me virei e enfiei a cabeça para fora do ouvido. Nós estávamos caindo, mas não era no chão, era no poço sem fundo.

BEM-VINDOS ao REUBENVERSO

CARREGANDO OS SERVIDORES...

CAPÍTULO 9

Relatório de erros

— Eriiiiic! — Ei! — o Eric disse, fazendo um joinha de dentro do nariz do gigante. Ele deve ter pulado ali quando começamos a cair. — Você derrubou o grandão do abismo. Muito bom!

— A GENTE VAI MORRER!

— Vamos nada!

Eu olhei para cima, nós estávamos bem para baixo da arena.

— A GENTE VAI MORRER, SIM!

O Eric levantou a sobrancelha.

— Vem comigo. — Ele saiu do nariz do gigante e pulou.

Eu também pulei, torcendo para que o Eric conhecesse alguma habilidade especial de voo ou coisa assim. Nada disso. Continuamos caindo, um pouco para cima do gigante, enquanto eu gritava até quase fazer meu cérebro cair e o Eric lá, sorrindo de orelha a orelha. Olhei para baixo a tempo de ver uma névoa preta engolir o gigante. Mas antes de a névoa nos engolir, tudo desapareceu em um clarão.

Uuuuuuush!

Voltamos à sala toda branca onde vimos o Max pela primeira vez.

Eric abriu os braços.

— Tã-dã!

— Mas, mas... como?

— Nesse tipo de jogo, a gente sempre ganha se o vilão morrer primeiro — o Eric explicou. — Mesmo se for por um milésimo de segundo.

— Muito bem! — disse outra voz.

Nós dois olhamos para cima: Max Reuben.

Eric foi marchando até ele.

— Você não esqueceu de contar nada pra gente, camarada? — Ele deu um soco que atravessou a barriga do holograma.

O Max sorriu.

— Desculpem pela onda extra, mas guerreiros de verdade encontram forças para lutar mesmo quando acham que a batalha já está vencida.

— Ou quando algum mané decide mudar as regras — o Eric resmungou.

Max estendeu as mãos e dois troféus apareceram. Nem eu nem o Eric fomos pegá-los.

— Vocês têm a força de um Grande Guerreiro, mas força só não basta — Max disse. — O homem mais forte do mundo fracassa se não tiver a coragem de fazer o que é necessário. Vocês têm a coragem de um guerreiro? Eu acredito em vocês.

— Valeu, mané.

O holograma do Max sorriu e então desapareceu. Assim que ele sumiu, as nossas mochilas reapareceram. Eu espiei dentro da minha e vi que a única coisa que havia dentro dela era aquela porcaria de troféu. A cápsula se materializou atrás de nós e Dona Robô estava de volta.

— Que tipo de experiência vocês gostariam de ter hoje?

— De coragem, eu acho — Eric disse.

— Sinto muito, esta experiência custa 15.000 XP.

Olhei para o meu relógio, faltavam dois dias e 23 horas. Eu balancei a cabeça.

— Precisamos das nossas armas.

O Eric concordou.

— Dona Robô, queremos ir àquele planeta de dinossauros.

— Espera, por que você quer ir lá?

DING! Queda. *Uuuuuuush.*

— Bem-vindos ao Desastre Jurássico.

— Eu quero meu taco de volta — o Eric disse, saindo da cápsula.

— Aquele taco é péssimo!

— Eu gosto dele.

Eu parei no caminho, achando ter ouvido algo.

— Eu sei que você vai falar sobre o tempo, mas acredite em mim, nós temos...

Eu tapei a boca do Eric com a mão e o arrastei para baixo de uma folha enorme de um arbusto pré-histórico. O Eric se debateu por alguns segundos e ouviu o que eu estava ouvindo: era uma voz masculina.

— Então você quer dizer que ninguém sabe o que causou o erro.

A voz era de Max Reuben.

Eu e o Eric nos encolhemos ainda mais e ficamos espiando por baixo da folha para ver o Max caminhando com dois dos seus capangas engomadinhos. Dava para ver que era o Max de verdade porque, apesar de ainda estar usando uma capa ridícula igual à do Thor, ele estava usando aquela camiseta por dentro da calça, que era sua marca registrada.

— Ainda estamos investigando — um dos caras de terno explicou.

— Mas algum intruso com certeza passou por aqui, certo? — Max perguntou. — O que mais poderia ter causado o erro?

— É possível, senhor. Recebemos um alerta Hindenburg há alguns dias...

— Alguns dias? — Max interrompeu.

— Três ou quatro dias.

— Quatro dias?!

Os caras de terno se olharam.

— Olha — disse o segundo —, eu sei que parece muito tempo, mas executar todos os diagnósticos é bem demorado.

— Eu sei quanto tempo leva para executar os diagnósticos — Max disse.

— Claro, mas...

— É claro, SENHOR — o Max o corrigiu.

— Claro, senhor, me desculpe, senhor. Mas nós, ééé, não achamos que fosse importante e não quisemos incomodá-lo.

— Deixe-me lembrá-lo de uma coisinha — Max disse. — Você não está mais na Terra. Eu estou no comando aqui. Você sabia disso?

Os dois caras de terno ficaram em silêncio.

— VOCÊS SABIAM DISSO?!

Os dois fizeram que sim ao mesmo tempo.

— E como eu estou no comando, sou eu que decido o que é importante. Não vocês.

— Sim, senhor, e foi por isso que contamos para o senhor imediatamente — um dos dois tentou.

— Quatro dias é imediatamente?

Como o cara de terno não respondeu, o Max apontou para ele. Os olhos do rapaz se arregalaram, ele abriu a boca e começou a apertar o próprio pescoço. O Max se virou para o outro cara de terno.

— Qual é o nome dele?

— Ni… Nigel, senhor.

— Eu revoguei a permissão do Nigel de respirar. Você acha que ele gostaria de ter permissão para isso novamente?

Nigel concordou violentamente com a cabeça, enquanto o outro cara de terno olhava horrorizado.

— Você acha que ele gostaria da permissão *imediatamente*? — Max passou o braço em volta do ombro de Nigel. — Certo, Nigel. Vou trabalhar nisso imediatamente. Você poderá respirar de novo em quatro dias. Parece justo?

O outro cara de terno ficou pálido.

— AGORA, ME DIGAM POR QUE VOCÊS NÃO ME INFORMARAM SOBRE ISSO IMEDIATAMENTE!

— Desculpe, senhor. Perdão. Foi erro meu. O relatório Hindenburg dizia que o erro tinha sido corrigido, então eu falei para o Nigel que não precisávamos informar. É claro que essa decisão não é minha. É sua, Grande Guerreiro Supremo. Por favor, deixe o Nigel respirar!

O Max concordou.

— Eu agradeço sua honestidade. — Ele estralou os dedos e o Nigel engoliu o ar.

Então o Max olhou para o outro cara de terno. Ele não disse nada e nem apontou o dedo, só ficou olhando. O cara de terno ficou encarando também, muito assustado para se mexer. Lentamente, a cor foi sumindo do seu rosto. Pequenas rachaduras começaram a aparecer em todo o seu corpo. Por fim, ficou claro que o sujeito não estava só assustado: ele realmente não conseguia se mexer. Depois de dez segundos, o corpo dele ficou cinza. Nigel não ousou dizer nada, mas parecia aterrorizado. Em pouco tempo, o corpo dele já parecia tão frágil, como se fosse quebrar se alguém o tocasse.

E foi exatamente o que o Max fez.

Ele andou até o cara de terno, olhou fixamente para os olhos dele por um segundo e disse:

— Sou eu que tomo as decisões aqui. — E o empurrou com um dedo: o homem se espatifou em mil pedacinhos. Então Max se virou para Nigel. — Todos os relatórios de erro vão direto para mim a partir de agora. Entendido?

Nigel estava tremendo demais para responder.

O Max apertou alguns botões no seu relógio e começou a ficar todo pixelado. Na mesma hora, um T-rex saltou de trás dos arbustos e rugiu, Max estralou o dedo. O dinossauro inflou como um balão e explodiu. O Max então se teletransportou pelo ar e o Nigel saiu correndo para dentro da floresta.

CAPÍTULO 10

Feijão

Assim que todos foram embora, eu e o Eric voltamos correndo para a cápsula e ao trabalho. Achávamos estar levando nossa missão a sério até aquele momento, mas sejamos sinceros: lutar com espadas contra piratas é bem divertido. Foi só quando vimos de camarote do que o Max era capaz que realmente começamos a nos concentrar. Nas cinco horas seguintes, eu e o Eric pulamos de planeta em planeta, coletando armas e ganhando XP feito uns malucos. Por conta da nossa experiência no desafio de força, agora nós passávamos pelos inimigos com facilidade. Houve só um pequeno lapso em que ficamos um pouco ousados e decidimos desafiar o Rei das Trevas mais uma vez e acabamos morrendo na mesma hora, mas nos recuperamos e acumulamos os 10.000 XP extras de que precisávamos.

Quando voltamos à cápsula e apertamos o botão "coragem", já tínhamos recuperado a nossa confiança.

— Entrando em modo Morte Permanente — a Dona Robô alertou. — Deseja continuar?

— Manda ver — o Eric disse.

DING! Queda. *Uuuuush.*

A porta abriu e mostrou que estávamos suspensos no ar, no meio de um enorme galpão de metal. Eu olhei para o outro lado da cápsula: víboras, uma sala cheia de víboras assassinas. Eu me virei para o Eric:

— Sabe esse negócio que você fica dizendo, "manda ver"? Eu queria que você parasse de falar isso. Tipo assim, queria muito mesmo que você parasse com isso.

A cápsula começou a inclinar. Eu e o Eric nos agarramos à porta para não cair, mas a cápsula continuou virando e os nossos braços começaram a tremer.

A Dona Robô então começou a contagem regressiva:

— Ejetando em 3, 2, 1...

Uuuuuush!

E, de repente, a cápsula desapareceu e caímos no poço das cobras.

— Não faça movimentos bruscos — eu avisei.

O Eric foi se levantando devagar. A cobra que estava mais perto dele acompanhou o movimento.

— Você está com o lança-chamas, né?

Eu fiz que sim e fui pegar na minha mochila.

— Está aqui na... — Meu coração parou. — Minha mochila sumiu.

O Eric colocou as mãos nas costas...

— Essa não!

Nessa hora, a maior cobra de todas se ergueu completamente, sibilou e se lançou contra o nariz do Eric.

— MEU NARIZ NÃO!

De repente, ouvimos um estralo e a cobra congelou.

— Bem-vindos ao segundo desafio — Max disse, aparecendo atrás de nós.

— Isso é sério? — o Eric gritou. Ele golpeou o Max, mas a mão dele passou direto, outro holograma.

— Este teste vai testar o coração de vocês — Max disse. — Vocês conseguem encarar seus maiores medos? Conseguem fazer o que precisa ser feito?

— Será que dá pra pular essa parte?

Max sorriu.

— Acho que vocês vão aprender coisas interessantes sobre vocês mesmos na próxima hora. Voltando ao desafio. — Max sumiu de novo, e o Eric desviou da cobra um segundo antes de ela morder o nariz dele.

Uma cobra começou a se enrolar em volta do meu tornozelo. Eu fiquei encarando ela por uns vinte segundos, sussurrando: *Encare o seu medo, encare o seu medo* o tempo todo. A cobra deslizou mais para o alto.

— Alguma ideia, Eric?

Sem resposta.

Outra víbora veio fazer companhia para a sua coleguinha.

— Eric? — Eu me virei, ele tinha desaparecido. — ERIC?

— Aqui em cima! — o Eric gritou lá do alto.

Olhei para cima e vi o Eric se balançando em uma corda acima da minha cabeça, segurando-se em um negócio pequeno e peludo.

— Isso é um gato?

— Se segura!

Eu pulei e me agarrei na corda quando o Eric voltou balançando.

— Vai dando impulso com o pé! — o Eric me ensinou. — Tipo um balanço!

Eu sacudi as cobras das minhas pernas e dei um impulso com o pé. Depois de passar quatro vezes por cima do poço de cobras, conseguimos alcançar uma plataforma escondida na metade da altura da parede. Eu prendi minhas pernas na plataforma, escalei e segurei a corda para o Eric e o gatinho.

— De onde essa criatura surgiu?! — eu perguntei, quando nós todos estávamos a salvo.

— Eu olhei para cima uma hora e esse carinha aqui estava se balançando para mim. Dá pra acreditar?!

Não. Não dava pra acreditar.

— Você está me dizendo que um gato surgiu do nada e estava se balançando para você feito o Tarzan? Na mesma corda que você precisava pegar para chegar a um lugar seguro?

— É quase um milagre! — O Eric se sentou e começou a brincar com o gatinho. — Como é o seu nome, bichano?

O gato miou e se esfregou no Eric. Eu balancei a cabeça. Havia algo de estranho ali, mas eu tinha que admitir que o gato era fofinho. Ele tinha olhos enormes e uma carinha que era quase grande demais para o seu corpo, como nos desenhos animados.

— Vou chamar você de Feijão — o Eric disse, com orgulho.

— Feijão?!

— É, Feijão. Qual é o problema? Feijão é um nome bem legal para um gato.

— Tá, nós não vamos dar nome nenhum pro gato, porque não podemos ficar com ele. Os nossos medos mais tenebrosos estão esperando por nós no final desse corredor. Eu tenho certeza de que vai ter uns palhaços assassinos e eu não vou colocar o Feijão nessa furada.

— Então você concorda com o nome do Feijão?

— Não concordo com nome nenhum!

O Eric se virou para o gatinho.

— Olha, Feijão, o tio Jesse quer deixar você na sala das cobras. Você quer ficar encolhido aqui esperando as cobras malvadas construírem uma escada e te comerem vivo?

Olhei para fora da plataforma. As cobras estavam mesmo se amontoando uma por cima da outra para construir uma escada e chegar à nossa plataforma.

— Tá bom — eu disse. — Vamos achar um lugar seguro para ele e deixá-lo por lá. Entendido?

O Eric sorriu e colocou o Feijão debaixo do braço, como se fosse uma bola de futebol americano. O Feijão se aconchegou e relaxou.

— O Feijão é meu melhor amigo — Eric disse.

— Que bom pra vocês.

Fomos nos arrastando devagarinho pelo corredor escuro. Havia luzes suspensas a cada cinco metros mais ou menos, mas ainda assim não conseguíamos ver direito, porque a maioria delas ficava piscando de um jeito assustador.

Continuei olhando para trás, esperando um monstro vir correndo na nossa direção. Por fim, chegamos a uma porta. Eu olhei para o Eric.

— Preparado?

O Eric cobriu as orelhas do Feijão.

— Estamos prontos.

Abri uma frestinha da porta e fechei imediatamente quando vi o que havia lá dentro. Eu comecei a ficar tonto.

— Palhaços? — Eric perguntou.

— Sim — eu disse de olhos fechados.

— Sem chance!

— É claro que tem palhaços! — eu sussurrei. — Todo mundo tem medo de palhaço.

— Talvez eles sejam palhaços legais.

— Eles estão segurando facas.

— Ah, você tá de sacanagem comigo — o Eric disse, colocando o Feijão no chão. Ele me empurrou para o lado e abriu a porta com tudo. Quase imediatamente, fechou a porta e me olhou com os olhos arregalados. — Ferrou!

— O que a gente vai fazer?

O Eric não respondeu, porque se distraiu ao ver que o Feijão estava voltando pelo corredor.

— Ei, bichano! Volta aqui!

— Shhhh! — eu sussurrei.

O Feijão olhou para trás e acelerou o passo, Eric correu atrás dele.

— Aonde você vai, gatinho?

— Talvez ele prefira se arriscar com as cobras.

O Feijão continuou andando, pausando mais ou menos a cada dez passos em diferentes partes da parede. Então, lá pela metade do corredor, o Feijão parou e começou a arranhar a parede sem parar.

— O que você quer? — o Eric perguntou. — Quer erva de gato? Eu posso arranjar um pouco. Eu conheço um lugar que vende uma erva de gato da boa.

— Acho que ele não quer nada — eu disse, olhando para o painel que o Feijão estava arranhando. — Ele está tentando mostrar alguma coisa pra gente.

O Eric bateu no painel que o Feijão estava arranhando.

BUOING! BUOING! BUOING!

O barulho ecoou alto. Depois, ele bateu no painel ao lado daquele.

TOU. TOU. TOU.

Sem eco. O Feijão olhou para nós com orgulho. Ele tinha encontrado uma passagem secreta.

CAPÍTULO 11

Gás hipocortizoide

É claro que as patinhas do Feijão eram do tamanho certo para soltar o painel da parede. É claro que o painel abriu e mostrou um cano do tamanho certo para uma pessoa atravessar rastejando. É claro que o Feijão conseguiu nos guiar por todas as ramificações do sistema de ventilação. A coisa toda parecia muito... conveniente.

Tentei explicar para o Eric o meu desconforto.

— Escute um segundo, por favor — eu disse.

O Eric não tinha um segundo para me ouvir. Ele estava muito ocupado conversando com o melhor amigo dele.

— Não olhe, Feijão. É muito assustador para você.

Eu olhei para a direita. Passávamos rastejando ao lado de uma abertura que dava para a sala dos palhaços.

— Você não acha estranho que esse gato mágico tenha aparecido no momento em que mais precisávamos de ajuda?

— Ah, cara, olha lá, tem um palhaço com uma motosserra. Fala pra mim que você não está olhando, Feijão.

— Miau.

— Foi o Max que construiu isso tudo — eu disse. — Você acha que ele deixaria passar um gato aleatório?

— Certo, já passamos pela sala dos palhaços. Agora você já pode olhar.

— Ele deve saber sobre o Feijão. Talvez ele até tenha colocado o Feijão aqui de propósito.

— Olha, essa sala é cheia de água! Você gosta de nadar, Feijão? Eu gosto de... AHHHHHHHH! — Um tubarão interrompeu a tagarelice do Eric ao pular para fora da água e enfiar a cabeça na abertura.

Passamos rápido pela sala dos tubarões e eu tentei mais uma vez.

— O Max é do mal. E se o Max colocou o Feijão aqui, então acho que precisamos considerar que o Feijão também pode ser do mal.

— E o que será que tem nessa sala? Zumbis? Credo! Feche os olhos de novo.

— Miau.

Passando por salas cheias de aranhas, esqueletos e serras, continuei tentando colocar um pouco de juízo na cabeça do Eric, e ele continuou me ignorando. Por fim, o cano chegou a um beco sem saída.

— E agora? — o Eric perguntou para o Feijão.

O Feijão abaixou a cabeça e empurrou a parede.

TANC!

O painel era tão frágil que o nosso gatinho conseguiu derrubá-lo. De novo, muito conveniente. Saímos de frente para uma sala que tinha uma grande placa de saída em cima.

— Nós conseguimos! — Eric comemorou.

Eu não tinha tanta certeza, pois o Feijão parecia completamente apavorado.

— Tá tudo bem, bichano — o Eric disse. — Não vamos deixar você aqui.

Aquilo pareceu deixar o Feijão ainda mais triste.

Abrimos a porta e entramos em uma daquelas salas brancas quadradas de que o Max parecia gostar tanto. A única coisa dentro da sala era uma gaiolinha em cima de um pedestal.

— Olá? — eu chamei. — Max?

Eu fui entrando devagar na sala. O Eric veio logo atrás com o Feijão debaixo do braço. Naquela altura, o Feijão estava tremendo feito vara verde. Assim que nós três entramos, a porta fechou com uma batida.

— Max? — o Eric chamou. — Nós sobrevivemos ao seu teste de coragem. Parabéns pelos palhaços. Bem assustador mesmo. Já podemos pegar nossos troféus?

HISSSSSSSSS!

Alguma coisa estourou no teto e um gás verde começou a se espalhar pela sala.

— Saiam daqui! — eu gritei.

O Eric puxou a porta, mas estava trancada. O gás continuou se espalhando, cobrindo todo o teto devagar.

— Feijão! O que nós devemos fazer?

O Feijão parecia triste. De repente, uma parede branca piscou e se transformou em uma tela que exibia o rosto do Max.

— Estou vendo que vocês fizeram um novo amigo.

O Eric escondeu o Feijão atrás das costas.

— Não se preocupe. Eu sei que o único jeito de chegar até aqui é seguindo o gato. Vocês tomaram a decisão certa. Agora vocês terão que tomar uma decisão corajosa. Como vocês podem ver, este é um gás hipocortizoide, que está se espalhando pela sala. Esse gás foi uma coisa que eu inventei para fazer corpos digitais dormirem. Em três minutos, a sala vai estar cheia de gás e vocês vão cair no sono. Para sempre. — O Max fez uma pausa. — Mas vocês podem fazer uma escolha que vai salvá-los. Uma escolha corajosa.

Naquela hora, a série de coincidências, o gato superfofinho e a gaiola fizeram sentido. Tudo isso era um plano do Max, sempre foi.

— Coragem é uma questão de sacrifício — o Max continuou. — É uma questão de abrir mão de algo bom para ganhar algo melhor ainda. Vocês só se tornarão verdadeiros guerreiros quando tiverem coragem de sacrificar algo que realmente importa para vocês. E então, vocês farão o que precisa ser feito?

O Eric me olhou sem entender nada.

— Ele é muito confuso. — E, virando para a tela, ele disse: — Por que você não diz logo o que quer?

Eu fiquei enjoado, pois sabia exatamente o que o Max queria.

O Max apontou para nós.

— Espero que vocês não tenham dado um nome para o gato, porque as coisas podem ficar bem mais difíceis.

— Não encoste no Feijão!

— Vocês podem eliminar todo o gás da sala, basta colocar o gato na gaiola.

— Eu não vou fazer isso — o Eric disse.

— Eric — eu disse com calma. — Você precisa fazer isso.

O Eric se virou e eu vi o choque nos olhos dele.

— Como é que é?

— Isso não é um gato de verdade. É um personagem de videogame programado para fazer você se apaixonar por ele e deixar sua escolha mais difícil.

O Eric abraçou o gatinho e começou a se afastar.

— Não encoste no Feijão. Não ouse tocar nele.

Eu olhei para cima, o gás agora estava cobrindo a testa do Max.

— Seria diferente se o gato fosse de verdade, mas olhe bem nos olhos dele — eu disse.

O Feijão olhou para o Eric com aquela cara de cachorrinho carente.

— Nenhum gato tem olhos assim. Ele parece um personagem de desenho animado. O Max está só te sacaneando. Precisamos jogar o jogo se quisermos acabar com ele de verdade.

O Eric estava transbordando de raiva.

— Talvez o Max tenha mesmo inventado o Feijão.

— É claro que ele inventou o Feijão.

— Mas eu não vou jogar o jogo dele, vou jogar seguindo as minhas regras.

Eu comecei a entrar em pânico.

— Do que você está falando?! Você está no Reubenverso. As regras são dele!

HISSSSSSSS!

O gás parecia estar se espalhando mais rápido.

— Huhuhu! — Max riu e esfregou as mãos. — Vocês ainda não se decidiram? Isso está ficando interessante!

Minha cabeça disparou para tentar arranjar um argumento que pudesse convencer o Eric.

— Ele não quer que você machuque o Feijão — eu disse. — Ele só está te pedindo pra colocar o gato na gaiola, é só isso.

O Eric deu um passo na direção da gaiola e pensou no que eu tinha falado. Eu olhei para o gás, já ficando nervoso. Por fim, o Eric tirou o relógio e jogou dentro da gaiola.

Esperei por um momento e dei um suspiro aliviado.

— Tá vendo? Não tem com que se preocupar.

NHAC!

De repente, surgiram dentes na gaiola e ela esmagou o relógio em um milhão de pedacinhos.

O Eric deu um pulo para trás.

— VOCÊ QUER MESMO FAZER ISSO?!

— Não. Eu não quero, mas...

— Eu não estou te reconhecendo mais!

O gás agora estava tão baixo que já tocava a minha cabeça. Eu me abaixei.

— Somos nós ou um bicho de computador de mentira! — eu disse, já ficando bravo. — A escolha é sua. E, aliás, se você escolher o bicho de mentira, você está escolhendo condenar o planeta inteiro. Não se esqueça disso, tá bom?

— Tá bom, tá bom, tá bom, deixa eu pensar — Eric disse.

— Não dá tempo de pensar!

— Tem outra passagem secreta. Tem que ter. — Eric começou a correr, segurando o Feijão em um braço e tocando a parede com o outro.

Dei mais uma olhada na nuvem de gás antes de cerrar os dentes e começar a correr abaixado para cruzar a sala e atacar o Eric.

— SAI FORA!

O golpe pegou o Eric de surpresa e arrancou o Feijão do braço dele. Assim que o Feijão caiu no chão, ele correu para a parede do outro lado da sala. Essa não. Comecei a rastejar atrás do gato.

— Tsc tsc tsc — disse o Max. O gás já tinha coberto toda a tela, mas eu ainda conseguia ouvir sua voz em alto e bom tom. — Parece que vocês não têm coragem suficiente para fazer o que precisa ser feito. É uma pena, porque esse gás hipocortizoide é um negócio sinistro.

Eu fiquei de olho no gato, que agora estava arranhando a parede.

— Agora vem a parte dolorida — Max continuou. — O gás vai penetrar nos seus pulmões...

Eu ignorei o Max para poder me concentrar.

— Vem cá, gatinho! — Eu fui me rastejando pelo chão feito uma cobra. Eu não estava conseguindo ir tão rápido quanto precisava, então comecei a rolar. Rolei uma vez, duas vezes, três vezes e então meus pulmões começaram a queimar.

— Eric, prende a respiração! — eu disse. Ou, pelo menos, foi o que eu tentei dizer. Mas o que saiu foi: — Errrrrffffffff fmmmmmmmmmmmm. — Minha boca tinha parado de funcionar. Eu tentei de novo: — Mmmmmmufffffff. — Meus lábios ficaram dormentes, minha cabeça começou a rodar e meus pulmões pareciam pesados. Tão, tão pesados. E, assim, eu peguei no sono.

BEM-VINDOS ao REUBENVERSO

CARREGANDO OS SERVIDORES...

CAPÍTULO 12

Sobrecarga do sistema

BIIIIIIIIIIIIIIIIIIIIIIIIIII
Eu acordei no meio de uma fumaça. Não exatamente uma fumaça, porque ela mesmo já tinha sumido. Eu estava, na verdade, com a cabeça nadando em memórias meio esquecidas e imagens desfocadas.
IIIIIIIIIIIIIIIIIIIIIIIIIII
Eu só tinha certeza de uma coisa...
IIIIIIIIIIIIIIIIIIIIIIIIIII
... eu estava encharcado dos pés à cabeça...
IIIIIIIIIIIIIIIIIIIIIIIIIII
... e se aquele bipe não parasse logo, eu ficaria louco.
IIIIIIIIIIIIIIIIIIIIIIIIIII
Eu balancei a cabeça para me situar e então vi de onde estava vindo aquele bipe: do meu relógio. Esquisito. Dois dias, quinze horas e 47 minutos. Só tinham se passado três horas desde que tínhamos entrado no teste de coragem. Mas, embora o relógio ainda não tivesse zerado, o alarme estava disparado. Eu tirei o relógio e o atirei para o outro lado da sala.

Então eu me sentei e vi o Eric deitado de cabeça para baixo do outro lado da sala. O braço dele ainda estava esticado, como se estivesse tentando me alcançar.

— Ei, Eric. — Ele não se mexeu. — Eric! — Eu senti uma pontada de pânico no peito e corri até o outro lado da sala para sacudir o meu amigo. — Eric, acorda! — Eu percebi que ele também estava molhado. — Eu o chacoalhei mais forte. — Vamos, acorda!

Por fim, Eric abriu os olhos e ficou me encarando por um segundo antes de perguntar:

— Blaaaarg Blarrrrrce?

— O quê?

— Caconteceu? Gré. Blé. O quê! Que xantonteceu?

Eu fechei os olhos e tentei me lembrar. O que será que tinha acontecido? Não deveríamos estar mortos?

Eric se sentou e gemeu.

— Por que tá tão quente aqui?

Eu não tinha notado, mas estava muito quente mesmo. Espera, será que estávamos molhados de suor? Eu cheirei meu sovaco e torci o nariz. Era suor mesmo.

Os olhos do Eric arregalaram de repente.

— Cadê o Feijão?

— Acho que ele não sobreviveu.

— Feijão! FEIJÃO! — O Eric pulou e correu todo estabanado até a parede da frente. — FEIJÃO!

— Eric, eu... — minha voz falhou quando eu percebi o que o Eric tinha visto. Marcas de arranhões que levavam até um buraco que atravessava a parede, do tamanho certo para um gatinho passar.

O Eric enfiou a cabeça no buraco.

— FEIJÃO!

Eu espiei lá dentro: mais uma sala toda branca.

O Eric me empurrou para o lado e ficou chutando o buraco sem parar até conseguir abrir espaço suficiente para nós atravessarmos.

— Estamos indo, bichano!

Eu fui de cara feia, seguindo o Eric até a outra sala, preparando-me para o pior. Mas não havia motivos para preocupação. Nenhum gato morto: só troféus, uma coleira e um círculo azul marcado no chão.

O Eric ergueu a coleira.

— O Feijão nos salvou — ele disse baixinho.

— Você acha?

— É claro. Ele abriu um buraco na parede para o gás sair antes que chegasse até a gente.

Eu duvidava muito que aquilo tivesse mesmo acontecido, mas como eu não tinha nenhuma teoria melhor, fiquei de boca fechada. Eu deixei o Eric ter o seu momento de silêncio e peguei um troféu. Assim que toquei o troféu, uma sensação de calor tomou conta de mim e eu fui transportado até a cápsula.

— B-b-b-bem-vindos — a Dona Robô gaguejou. O rosto dela estava piscando.

Um segundo depois, o Eric chegou.

— B-b-b-em — a Dona Robô tentou.

— Bem? — o Eric perguntou. — Hum, obrigado por perguntar. Mas, na verdade, eu não estou bem, não. Quer saber...

— Dona Robô, o que está acontecendo? — eu interrompi.

— So-so-so-sobrecarga do sistema.

Senti de novo uma ponta de pânico no peito. O calor, o alarme, as falhas: tudo isso fazia sentido agora. O senhor Gregory tinha nos avisado. Eu fiquei sem poder fazer nada, olhando para a tela que piscava, alternando entre o rosto da Dona Robô, um painel cheio de botões e uma imagem de erro. Por fim, a tela parou em um único botão: Planeta Poodle.

O Eric olhou para mim, encolheu os ombros e apertou o botão. A cápsula apitou várias vezes, e não uma vez só como antes, e então caímos por um tempão. Por fim, a porta reabriu.

O Planeta Poodle, como você deve imaginar, tinha um monte de poodles: poodles do tamanho de um pônei, poodles do tamanho de uma bolsa, poodles do tamanho de chaveiros, poodles vestindo saias de poodle. Também era superquente, sem nenhum sinal de inimigos que rendessem XP em qualquer lugar.

— O que nós vamos fazer aqui? — eu perguntei.

Eric deu de ombros.

— Era nossa única opção.

— É, porque o negócio lá estava piscando. Nós precisamos...

— QUEM TÁ AÍ? — gritou alguém com um sotaque diferente.

Eu me virei, esperando ver um cara de terno apontando uma arma pra nós. Em vez disso, o que eu vi foi um sujeito com cara de maluco, uma barba comprida e toda desgrenhada segurando um galho de uma árvore em cima da cabeça.

— Oi. Eu sou o Eric, e esse é o Jesse.

— COMO EU VIM PARAR AQUI?! — O homem deu um passo ameaçador na nossa direção.

Eu e o Eric nos olhamos, confusos.

— SE EU PRECISAR ARREBENTAR ALGUÉM PARA TER UMA RESPOSTA, EU VOU! — O homem deu mais um passo para chegar a uma distância de um soco e levou o galho para trás da cabeça. Eu levei a mão às costas para procurar minha mochila. Ótimo, ela estava de volta. Eu não queria lutar contra aquele cara, mas eu lutaria se precisasse. Foi então que um dos poodles do tamanho de um pônei pulou e arrancou o galho da mão do sujeito.

— EI!

O cachorro se abaixou em uma posição de quem queria brincar e abanou o rabo. Antes que o homem conseguisse recuperar seu galho de arrebentar cabeças, eu e o Eric corremos de volta à cápsula.

— FECHA A PORTA! — eu gritei quando entramos.

A porta fechou até a metade e então travou.

Eu e o Eric a empurramos com toda a nossa força, e, enquanto empurrávamos, olhei para fora para ver se o lunático tinha nos seguido, mas o que eu vi foi muito mais assustador: a tempestade no horizonte estava se aproximando e estava tão perto que agora eu via que não eram gotas de chuva caindo do céu: eram pessoas.

CAPÍTULO 13

Comida explosiva

— Começou — eu disse assim que fechamos a porta.
— Começou o quê?
— O negócio do rapto.
— O quê?! — Eric olhou para o pulso, esquecendo que o seu relógio tinha sido comido por uma gaiola mortal. — Achei que ainda faltavam dois dias!
— Parece que nós dormimos por dois dias.
— Eu já dormi por dois dias e eu posso te dizer que com certeza nós não dormimos tanto assim. — O Eric começou a entrar em pânico. — Tem quantas pessoas aqui agora? Todas as pessoas do mundo inteiro?!
— Viiiiiiiiiinte — a Dona Robô respondeu.
— Vinte pessoas? Não é tão ruim assim.
A Dona Robô não tinha terminado de falar.
— Vinte mil, quatrocentas e catorze.
— AHHHHHHHH!
— Vinte e uma mil, seiscentas e sete. Vinte e uma mil, novecentas e setenta e dois. — Mais botões começaram a aparecer

ao lado do botão do Planeta Poodle, mostrando onde as pessoas estavam indo parar: Travessa dos Três Tigres Tristes, Lago Liger, Planeta das Fuinhas Furiosas. A Dona Robô continuou contando. — Vinte e duas mil...

— CHEGA! — Eric gritou. — O que nós vamos fazer? O QUE NÓS VAMOS FAZER?!

Todos os mundos desapareceram e então metade de um único botão cinza meio apagado piscou na tela.

— RESISTÊ — estava escrito. E acima dele havia um número. Um número bem grande: 35.000 XP.

Eu não sei por quê, mas naquele momento eu me senti mais calmo do que tinha me sentido a semana toda. Vinte duas mil pessoas era bastante gente, mas Max ainda tinha um longo caminho para percorrer se quisesse sugar todo o planeta para dentro do joguinho dele. E 35.000 era bastante, mas nós já tínhamos conseguido ganhar um monte de pontos antes. Nós tínhamos uma missão e eu estava determinado a terminá-la e detonar o Reubenverso.

— Dona Robô, mostre os planetas mais difíceis da galáxia.

A tela fez um som de *fizz* e um painel de botões piscou. Eu acenei para o Eric.

— A gente consegue.

Na meia hora seguinte, saltamos pelos planetas mais assustadores que encontramos.

DING! Bem-vindos ao Mundo dos Senhores da Guerra.

DING! Bem-vindos à Magnus, a Lua Assassina.

DING! Bem-vindos ao Buraco Negro do Coração.

DING! Bem-vindos à Scorpino, terra dos escorpiões gigantes.

Nem saímos na cápsula nesse último. Assim que abrimos a porta, um escorpião do tamanho de um caminhão de lixo tentou bloquear a porta da cápsula com o ferrão.

— FECHA A PORTA, FECHA A PORTA! — Eric gritou.

A porta fechou na cauda do escorpião, que balançou a nossa cápsula por cinco segundos assustadores. Quando o escorpião saiu, eu me abaixei e coloquei as mãos nos joelhos por um instante para tentar recuperar o fôlego.

— Qual é o nosso XP combinado agora? — perguntei.

— Xx-x-xx-x-x-pppp commmmm — a Dona Robô tentou, mas acabou desistindo e só mostrou o número na tela: 19.475 XP.

Eric começou a tirar a camiseta.

— Tá muito quente aqui. Precisamos ganhar mais XP logo.

— Coloca essa camiseta de volta, não sou obrigado a ver a sua barriga branquela.

O Eric torceu a camiseta e amarrou na cabeça como uma bandana do Rambo, fazendo exatamente o oposto do que eu tinha pedido.

— Precisamos voltar ao Planeta do Rei das Trevas.

— Pra fazer o quê? — eu perguntei. — Morrer em dez segundos, em vez de cinco?

— Agora eu tenho uma espada em chamas. E você tem aquele machado pesado.

— Sem chance.

Encostamo-nos na parede, suados e pensativos. De repente, tive uma ideia.

— A gente ainda tem bolo vulcão do planeta chocolate?

O Eric olhou na mochila.

— Três pedaços.

Eu esfreguei as mãos.

— Perfeito.

— Não é muito perfeito, né. Esse bolo faz a gente explodir.

— Isso aí.

— E o nosso objetivo é matar o Rei das Trevas sem explodir!

— Isso. *Nós* não queremos explodir porque não podemos perder XP. Mas agora tem um monte de gente aqui que não está nem aí para esse negócio de XP. — Eu sorri e esperei que o Eric me parabenizasse por uma ideia tão incrível. Mas não, ele me olhou indignado.

— Elas não querem explodir.

— Elas não vão nem entender o que está acontecendo.

— Então a sua ideia é, sei lá, pegar umas três pessoas do Planeta Poodle, dar bolo pra elas, plantá-las na frente do Rei das Trevas e ficar assistindo elas explodirem?

— Exatamente.

O Eric cerrou os dentes e balançou a cabeça, como se quisesse dizer alguma coisa, mas estivesse se segurando.

— Escuta — eu tentei. — Se você acha que elas precisam saber antes, a gente pode ver se alguém se oferece para a missão.

— Chega.

— Aquele cara com o galho parecia do tipo que encararia uma batalha com o Rei das Trevas. Talvez a gente pudesse...

— Para. De. Falar. — A voz do Eric estava tremendo.

— Você tá bem?

— Quem não tá bem é você — o Eric disse baixinho.

— O quê?

O Eric ficou bravo.

— Você não está bem! Você mudou muito desde que chegamos aqui. Você está malvado.

— Malvado? Eu me ofereci para salvar o mundo e agora você diz que eu sou malvado.

— Sim! Jesse, você queria matar um gatinho!

— Pela última vez, não era um gato de verdade! Era um programa de computador!

— E agora você quer matar três pessoas inocentes.

— Você precisa se acalmar. Eric, tem uma grande diferença entre explodir alguém na vida real e explodir alguém em um mundo em que se ganha outra vida depois de morrer.

— VOCÊ QUER MESMO EXPLODIR ALGUÉM!

— Eric, eu sinto muito por termos que fazer coisas que não gostaríamos de fazer, mas este é o mundo do Max. Precisamos jogar seguindo as regras dele.

Eric balançou a cabeça.

— Não precisamos, não. Não mesmo.

— Deixa quieto. Vou fazer isso sozinho.

Abri a mochila do Eric, que se virou e me segurou pelo braço.

— Não se atreva a fazer isso — ele disse, com os dentes cerrados.

Eu tirei um pedaço de bolo.

— Tarde demais. — Eu sorri. — Dona Robô, queremos ir ao Planeta Po... — O Eric me derrubou no chão antes de eu conseguir terminar a frase.

DING! Queda. *Uuuuuush!*

— Bem-vindos ao Planeta Pum!

— AHHHH! — eu gritei, tanto por causa do fedor quanto porque o Eric estava mordendo o meu braço. Eu derrubei o bolo e implorei à Dona Robô. — Leve a gente pra outro lugar! Qualquer lugar!

DING! Queda. *Uuuuuush!*

— Bem-vindos ao Planeta P-p-parque da batata.

Eu saí de dentro da cápsula. Parecíamos ter aterrissado em um parque de diversões com tema de batata. Uma batatinha com uma câmera em volta do pescoço pulava para lá e para cá e começou a tentar tirar uma foto minha. À minha direita havia um brinquedo em um canal d'água em que um barco de batata assada estava deslizando em um rio de sopa cremosa. Eu me virei.

— Acho que precisamos...

POU!

Voei para trás como se eu tivesse levado um soco do Hulk. Quando entendi o que estava acontecendo, olhei para cima e vi o Eric parado na minha frente, usando um punho de ferro.

— Vou fazer isso sozinho. Não vem atrás de mim.

Eu estava tentando ter paciência com o Eric até aquela momento, mas ele tinha passado dos limites.

— Você quer brigar?! Então vamos brigar direito. — Eu abri minha mochila e tirei as minhas luvas.

Eric ergueu os punhos.

— Eu adoraria.

Eu sorri. O Eric teria uma bela de uma surpresa. Ele não tinha visto as luvas que eu peguei no planeta do buraco negro.

Bati os punhos para carregar as luvas e o Eric veio correndo para cima de mim. A batata fotógrafa deu um passo para trás. Ele não estava pronto para enfrentar nada parecido com aquilo. Quando meus punhos carregaram por completo, ergui as mãos acima da cabeça e o Eric levantou um pouco do chão.

— Ei!

Eu ainda não tinha acabado. Apontei uma mão para o Eric enquanto com a outra eu puxava para trás, como se estivesse pescando um marlim.

— Me coloca no chão!

Eu o colocaria no chão quando tivesse acabado. Eu puxei mais um pouco até ele chegar bem pertinho e então forcei bem as mãos para turbinar o soco gravitacional.

POU!

Mas fui eu que saí voando, porque Eric deu um soco antes. A batata ficou olhando para nós dois, depois saiu saltitando com toda a sua velocidade de batata.

— Já chega! — Eu soquei o chão com o meu punho, abrindo um buraco no concreto. Então ergui meu braço e o chão voltou ao lugar, criando um trampolim que me lançou voando no ar. — AHHHHHH! — eu gritei feito um maluco enquanto turbinava o meu punho.

— AHHHHHHHHHH! — o Eric gritou, turbinando o punho dele.

Eu voei contra o Eric e nós dois batemos com toda a nossa força ao mesmo tempo.

POUPOUOUOUOUOUOUOUOUOUOUOUOU!

Àquela altura, eu já tinha enfrentado feras marinhas pré-históricas, lutado contra reis tenebrosos e escalado um gigante de trinta metros. Mas eu ainda não tinha sentido nada parecido com a potência que criamos quando os nossos punhos colidiram.

Primeiro, veio o som. O nosso soco causou uma explosão tão ensurdecedora que eu fiquei sem ouvir nada por uns dez segundos. Depois, veio o buraco negro. O espaço onde nossos punhos se tocaram por um instante ficou preto e quase sugou a pele do meu rosto. Por fim, veio a explosão. Depois de um momento, o buraco negro implodiu e virou uma bola branca de energia que tirou todo o ar dos meus pulmões.

Quando tudo acabou, eu me deitei no chão por um instante de olhos fechados e fiquei tentando recuperar o meu fôlego. Quando consegui respirar, abri os olhos. Foi aí que eu vi o tsunâmi.

CAPÍTULO 14

Combo

— CORRE! Eu e o Eric tínhamos criado sem querer uma explosão tão poderosa que destruímos o carrinho aquático em formato de tronco. Corremos o mais rápido que conseguimos quando vimos o morro despencar e então esticamos o braço para mergulhar assim que a sopa cremosa nos atingiu.

— UOOOOOOOOU! — eu gritei, embarcando no movimento da onda. Aquele grito de terror logo se transformou em um grito de alegria, quando descobri que era muito mais fácil surfar com o meu corpo na sopa cremosa do que na água. Eu peguei a onda e fui surfando até dar de cabeça na estação de trem Ferroviário Peixe-Pequeno.

Quando eu parei, fui conferir a minha vida, que ainda estava em cem por cento! Eu mal podia acreditar.

— O que foi isso?!

O Eric se levantou e tirou sopa dos olhos.

— Ataque combo.

Eu esperei por uma explicação mais detalhada e só voltei a perguntar quando vi que ele não diria mais nada.

— É uma coisa normal em videogames? Tipo quando a gente combina os nossos ataques e ganha alguma coisa nova?

O Eric fez uma cara de "dã" para mim e começou a andar para ir embora.

Eu corri atrás dele.

— Aonde você vai?

— Rei das Trevas.

— Você acha que com isso a gente consegue derrotar o Rei das Trevas?

— Acho que dá para derrotar o Max com isso.

— Espera!

O Eric virou.

— Chega! Eu tô cansado de discutir com você!

— Só queria ver se não dava para a gente passar rapidinho ali no parque aquático pra tirar toda essa meleca de sopa.

Eric revirou os olhos e fomos até o Lago da Batata.

— Olha, você tem razão, tá bom? — eu tentei falar, depois de me limpar na piscina de ondas. — Tinha outro jeito. É claro que eu não pensei nisso porque eu não conhecia esse ataque combo.

O Eric ignorou as minhas desculpas, torcendo a camiseta que estava usando como bandana para tirar toda a água.

— Você precisa me contar sobre essas coisas de ataque combo. Nós precisamos trabalhar juntos.

Eric ficou em silêncio, vestindo a camiseta que tinha colocado para secar dentro duma *air fryer*.

— Mas você tem que admitir que a minha ideia também funcionaria.

Eric voltou à cápsula. Quando percebi que ele não se daria ao trabalho de me responder, corri para alcançá-lo e quase escorreguei em uma poça com um resto de sopa cremosa.

— Rei das Trevas — o Eric disse, quando as portas da cápsula fecharam.

Ding! Queda. *Uuuush!*

Estávamos de volta à sala do trono, e o Rei das Trevas estava olhando para nós com uma cara de "ah, não, vocês de novo?". Comecei a suar mais do que nunca. O rei estralou os dedos e se levantou. Pelos meus cálculos, nós tínhamos uns quatro segundos antes que ele começasse a apontar para nós.

Quatro.

O Eric correu para trás do trono. Eu cerrei os punhos para começar a carregar as luvas.

Três.

O rei sorriu e ergueu um braço. O som dos violinos esganiçados começou a tocar.

Dois.

O rei apontou para mim. Eu abaixei a cabeça e corri na direção do Eric.

Um.

Eu e o Eric pulamos e socamos ao mesmo tempo. Os nossos punhos se tocaram na mesma hora que o rei disparou seu raio sombrio.

POUOUOUOUOUOUOUOUOUOU!

O ataque do rei só potencializou o nosso buraco negro, fazendo com que ele crescesse cada vez mais. Por um momento, o Rei das Trevas ficou olhando para aquilo, confuso. Então o rosto dele foi entortando quando a pele começou a ser sugada pelo buraco. Ele tentou se afastar, mas já era tarde demais. O buraco explodiu fazendo um clarão de luz e engolindo o Rei das Trevas inteirinho.

DING DING DING!

Vários sinos começaram a tocar enquanto as nossas barras de XP iam enchendo.

—U-hu! — eu comemorei e comecei a dançar. Até o Eric tirou uma folga do mau humor para dar um sorriso. Voltamos correndo para a cápsula. — Qual é o nosso XP?

O número 42.221 apareceu na tela.

— Nos leve para o desafio de resistência! — eu gritei.

— Entrar em modo-do-do — a Dona Robô ficou travada repetindo a mesma palavra.

— Isso! Vai logo! — o Eric gritou, socando a parede.

Ding! Queda. *Uuuuush!*

As portas se abriram e lá estava o Max em outra sala branca. Ele abriu os braços.

— Sejam bem-vindos, guerreiros!

Desta vez, o Eric nem tentou dar um soco nele.

—A força dos Grandes Guerreiros não está apenas no corpo e no coração, mas também na alma. Este poderá ser o seu desafio mais difícil, mas estarei esperando vocês no final. Se aguentarem até lá.

BING! Um quadrado vermelho surgiu na parede à nossa frente.

— Vocês estão aqui — Max explicou.

BING! Um quadrado verde apareceu logo ao lado.

— E aqui é o lugar que vocês precisam ir. Simples, né? Eu vou mostrar o caminho.

Os quadrados encolheram e começaram a surgir linhas por todas as paredes, pelo chão e pelo teto. Era como se estivéssemos olhando para alguma coisa a uma distância cada vez maior. Quando os quadrados estavam do tamanho de um selo, uma linha pontilhada foi se formando, ligando o quadrado vermelho ao quadrado verde. Foi aí que eu entendi o que nós estávamos vendo: era um labirinto. E não um labirinto qualquer, mas provavelmente o maior labirinto já construído.

O Max estava radiante.

— É um labirinto! O maior já construído.

Eu grunhi. Nós éramos péssimos em labirintos. Para ser mais exato, o Eric era muito, muito ruim com labirintos. Sempre que um professor dava alguma atividade com labirinto quando éramos pequenos, o Eric ligava o ponto de início e o ponto-final com uma linha passando por fora do labirinto. No último ano, algumas famílias da nossa região tentaram fazer um labirinto em um milharal. Depois de perambular por uns três minutos, o Eric entrou em pânico e saiu atravessando todas as fileiras da plantação até que um garoto vestido de espantalho o expulsou.

— Se vocês seguirem esse caminho, conseguirão terminar o labirinto em oito dias.

Meu coração disparou. Dias. Ele disse "dias"?

— Espero que vocês deem uma boa olhada aqui, porque é a última vez que vocês verão este mapa. Ele vai desaparecer em três...

— Não, espera! Eu tenho uma câmera! — o Eric gritou, vasculhando na mochila.

— Dois. Um.

O Eric tirou a câmera da mochila no instante em que o mapa sumiu das paredes brancas.

— A boa notícia é que vocês não devem morrer — Max disse. — A má notícia é que provavelmente vocês vão enlouquecer lá dentro. Boa sorte.

BEM-VINDOS ao REUBENVERSO

CARREGANDO OS SERVIDORES...

CAPÍTULO 15

Artesanato com cola quente

O Max desapareceu e a parede que estava em frente desceu, mostrando um corredor que bifurcava em cinco caminhos. O Eric tirou uma marreta da mochila e começou a golpear a parede atrás de nós.

TOU! TOU! TOU!

Eu suspirei.

— O que você tá fazendo?

TOU! TOU! TOU!

A marreta batia e voltava da parede como se fosse de borracha, então o Eric a deixou de lado e tirou uma picareta.

— Isso vai ser terrível se você não voltar a falar comigo — eu disse.

CHINC! CHINC!

Eu segurei a picareta do Eric antes que ele pudesse bater outra vez.

— Ei! Eu perguntei o que você está fazendo!

— Estou tirando a gente daqui!

— Sério? Porque parece que você está tentando destruir uma parede indestrutível.

O Eric se virou, suor pingava do rosto dele.

— Se você estivesse prestando atenção, lembraria que o final do labirinto fica do outro lado desta parede. Então, se conseguirmos quebrar e atravessar, nós ganhamos. Entendeu? — Ele pegou a picareta de volta.

CHINC! CHINC! CHINC!

É claro que o Max não teria nos mostrado o mapa se houvesse um jeito de quebrar a parede. Na verdade, ele provavelmente colocaria o começo e o final bem pertinho de propósito, só para deixar as pessoas malucas. Se quiséssemos sobreviver pelos próximos oito dias, não poderíamos desperdiçar a nossa energia com bobagens assim.

Eu enxuguei o suor da minha testa. Caraca, que calor. Tinha alguma coisa naquele labirinto que segurava o calor pra valer. Talvez fossem os corredores fechados, ou quem sabe as paredes reflexivas, mas o labirinto parecia muito, muito mais quente do que todos os lugares de antes.

CHINC! CHINC! CHINC!

Eu não podia mais ficar esperando pelo Eric, então comecei a atravessar o corredor.

— Ei! — o Eric gritou. — Aonde você tá indo?!

— Se você seguir em frente passando a mão pela parede certa, consegue chegar ao fim de qualquer labirinto — eu disse.

— Você tá maluco? — o Eric gritou. — Isso vai levar a vida toda!

— Você pode me acompanhar depois que acabar a brincadeira aí. — Eu vou estar... CARAMBA! — Eu puxei minha mão assim que encostei na parede, devia estar uns mil graus. Sem problemas, eu poderia seguir a parede com os olhos. Continuei andando.

Squish. Squish.

— Ei, Jesse?

Squish. Squish.

— Jesse?

Squish. Squish.

— Jesse?

— O QUE FOI?!

— Você está deixando rastros.

Virei para trás e vi uma trilha de pegadas pretas de piche. Que estranho. Olhei a sola do meu sapato e... ah, não! Não! Não! Eu não tinha pisado em nada preto. O meu sapato é que era preto! O chão estava derretendo os meus sapatos! Assim que toda a sola dos meus sapatos derretesse, não haveria nada mais entre os meus pés e o chão de lava. Eu voltei correndo até onde o Eric estava.

Squishsquishsquishsquishsquish.

— Vamos derrubar tudo! — eu gritei, agarrando a marreta.

CHINC! CHUNC! CHINC! CHUNC!

— Espera! — Eu coloquei a marreta no chão. — Vamos tentar o ataque combo!

O Eric começou a carregar os punhos de ferro. Eu bati minhas luvas de gravidade uma na outra. Assim que elas carregaram completamente, contei 3, 2, 1 e dei um soco no punho fechado de Eric com toda a minha força.

POUOUOUOUOUOUOUOU!

Nada. E agora meus sapatos estava ficando ensopados.

— Tira tudo da mochila! — o Eric mandou, já esvaziando a dele.

Começamos a vasculhar a tralha toda. Na última semana, tínhamos acumulado toneladas de coisas aleatórias. Tinha uma bandeira do Reubenverso, um pufe gigante, uma embalagem tamanho família de queijo cottage (quem gosta tanto assim de queijo cottage?), um capacete da Segunda Guerra Mundial, um...

— O que é isto?

— Ah, é uma turbina de avião — o Eric disse.

— Por que você guardou uma turbina de avião?

Eric encolheu os ombros.

— Para caso a gente encontrasse um avião, eu acho.

Eu me sentei no pufe gigante e coloquei as mãos na cabeça. Nada que tínhamos coletado nos ajudaria a atravessar aquela parede. E se não atravessássemos a parede, não sairíamos do labirinto. Eu me preparei para falar. E então percebi que, se eu tivesse que cozinhar dentro de um labirinto tenebroso de um jogo de videogame, eu provavelmente deveria acertar as contas com o meu melhor amigo.

— Ei, Eric, eu...

— Eu sei — Eric interrompeu.

— É que...

— Tá tudo bem — Eric disse.

Olhei para cima. O Eric estava brincando com uma bolinha meio derretida.

— Eu tô falando sério — eu disse.

— Eu também.

Eu achei que nós devíamos nos abraçar ou algo assim, para encerrar o assunto, mas não tinha como eu atravessar o chão de lava, então só fiz um gesto com a cabeça. O Eric respondeu repetindo o gesto.

Fiquei sentado por alguns segundos, mas não aguentava mais o cheiro do vinil do pufe derretendo, então fui procurar outro lugar para me sentar. Foi quando percebi uma coisa estranha na turbina.

— Por que essa turbina está derretendo?

O Eric olhou para a turbina toda deformada.

— A parte de fora deve ser feita de um material leve. Esses metais leves são fáceis de derreter.

— Que péssima ideia para uma turbina de avião.

Eric deu de ombros.

— Muitas coisas nos aviões são feitas com metais leves.

— Vai dizer que agora você é piloto?

— Eu entendo bastante de aviões.

De repente, meus olhos arregalaram.

— Já sei!

— O quê?

— Agora sim nós podemos criar alguma coisa!

O Eric fez uma careta olhando para a pilha de quinquilharias.

— Não podemos, não.

— Talvez não do jeito que vocês, nerds, fazem nos jogos de videogame, mas do jeito tradicional, tipo artesanato com sucata! — Usei um paraquedas pequeno para escorregar até a turbina sem queimar o pé. Eu virei a turbina do outro lado e fiquei bem feliz quando vi que o fundo estava meio que colado no chão. — Vamos usar o chão como uma cola quente para deixar o metal bem quente e conseguir colar uma coisa na outra!

— Tipo o quê? — o Eric perguntou.

Eu empurrei a turbina de avião até encostar na marreta. Os olhos do Eric se iluminaram.

— Marreta motorizada!

Começamos a trabalhar na nossa nova criação imediatamente, superaquecendo um lado da turbina. Então, viramos com cuidado para o outro lado e colocamos a marreta por cima. A marreta afundou fazendo um barulho que dava gosto de ouvir. Esperamos um pouco para secar e tentamos balançar o cabo. Nada mau! Passamos um pouco de meleca de sapato derretido e plástico em volta das bordas para deixar a marreta mais firme, esperamos mais alguns minutos e tentamos outra vez. Estava perfeito!

Eu apertei três botões na turbina.

VRUUUUUUUUUM!

A marreta começou a tremer na minha mão. Eu segurei mais firme, levantei a marreta acima do meu ombro e marretei a parede com toda a minha força.

TUNC!

Em vez de balançar um pouquinho a parede como antes, a marreta ficou meio emperrada. Meu coração disparou. Eu tirei e dei outra marretada.

TUNC. TUNC. CREC!

A terceira marretada abriu um buraco na parede, que era o suficiente para a gente conseguir espiar do outro lado.

O Eric espiou primeiro e comemorou, erguendo um braço com o punho fechado.

— Eu sabia!

Olhei também e sorri. A sala era toda verde. O Eric deu um passo para trás e eu abri um buraco do tamanho certo para nós dois passarmos.

— Ei, Max! Estamos aqui! — Eric gritou, entrando na sala.

— Parabééééééééénnnnnsssszzzzzzz — disse o Max. Viramos e vimos o rosto dele piscando na parede que tínhamos acabado de destruir. O nosso buraco tinha atravessado a boca dele. — Eu nã-nã-nã-não achei que vo-vo-vo-vo-vo...

A tela ficou preta e tudo ficou em silêncio. Esperamos um momento. Será que tinha quebrado? Então, uma luz azul piscou na sala.

Levei um tempinho para me lembrar onde eu já tinha visto aquela luz azul, mas quando me lembrei, tomei um susto que quase me fez perder o fôlego.

— O que foi? — Eric perguntou.

— Temos que sair daqui — eu sussurrei.

— Mas...

Eu empurrei o Eric de volta pelo buraco.

— Agora!

Nós saímos tropeçando da sala e nos escondemos do outro lado da parede, eu do lado direito e Eric do lado esquerdo do buraco. Eu fiquei paradinho e tentei tomar fôlego sem respirar muito alto.

Eric ergueu os braços.

— O que foi? — ele sussurrou.

Eu apontei para a minha orelha. *Ouça.*

Dez, vinte, trinta segundos se passaram. Silêncio. Então, eu ouvi.

O som inconfundível de alguém respirando com uma máscara de gás.

CAPÍTULO 16

Corrida do saco

Quando quebramos a parede, nós quebramos o Reubenverso. E, quando quebramos o Reubenverso, quebramos o nosso pacto com o Hindenburg. Não éramos mais companheiros que precisavam ser protegidos. Agora, nós éramos erros que estavam construindo armas superpoderosas para destruir a prisão perfeita do Max. Nós éramos os inimigos.

Dei uma espiada dentro da sala verde. O Hindenburg estava andando em círculos devagar, inspecionando as paredes com os seus tentáculos.

Scriiiiiiiiiiiiiiiinch.

O Eric tentou puxar um sabre de luz com o pé. Eu coloquei o dedo na frente da boca. *Shhhhhhhh!* Prendemos a respiração e ficamos escutando. De repente, uma voz alta quebrou o silêncio: era a voz do Max.

— Vocês acharam que tinham c-c-c-conseguido!

Eu dei um pulo de três metros.

— Eu t-t-t-tenho maiiiiiiiiiis um...

Eu olhei para o Eric, que olhou para mim. De repente, outra cabeça apareceu entre nós. O Hindenburg.

— AHHHHHHH! — Cego de pânico, peguei o objeto que estava mais perto de mim e bati com toda a minha força.

POU!

Felizmente, o objeto que estava mais perto era a marreta motorizada. Eu grudei a marreta na cara do Hindenburg e ele saiu voando para dentro da sala verde.

— VAI! VAI! VAI!

Eu e o Eric descemos o corredor correndo na direção da bifurcação. Com cinco possibilidades, tínhamos oitenta por cento de chance de escolher um caminho diferente do Hindenburg.

Squishsquishsquishsquishsquish.

Olhei para baixo e vi que as nossas chances de escolher um caminho diferente tinham caído para zero. Estávamos deixando uma trilha de pegadas que levaria o Hindenburg direto até nós. De repente, eu tive uma ideia. Eu peguei a bandeira do Reubenverso do chão e continuei correndo.

Squishsquishsquishsquishsquish.

— Ele vai saber onde nós estamos! — o Eric disse, tendo um chilique.

— Não, ele vai saber onde estão as nossas pegadas — eu corrigi, entrando no corredor à esquerda.

— É A MESMA COISA!

Squishsquishsquishsquishsquish.

Eu fiz o Eric parar assim que viramos na primeira curva e estendi a bandeira no chão, como um cobertor.

— Suba.

— Ahhhhhhh.

Fomos nos arrastando do jeito mais rápido que podíamos. Se conseguíssemos chegar a outro corredor sem deixar rastros, conseguiríamos uma vantagem de alguns minutos. Continuei olhando nervoso para o buraco da sala verde, esperando que o Hindenburg reaparecesse. Não estávamos indo tão rápido quanto precisávamos. Então, ergui os cantos da bandeira.

— Corrida de saco!

O Eric seguiu a minha ordem e fomos pulando, como se a bandeira fosse um saco de batatas, até o último corredor à direita, antes de o Hindenburg reaparecer.

— E agora? — Eric sussurrou depois de conseguirmos virar e nos escondermos em um canto.

Apontei de volta para a sala verde. O Eric fez que não com a cabeça. Eu fiz que sim. Se corrêssemos até a sala verde, o Hindenburg poderia até nos ver, mas pelo menos teríamos uma esperança. Eu espiei para ver se o Hindenburg tinha seguido as nossas pegadas pelo corredor e então começamos a correr.

Squishsquishsquishsquishsquishhhhhhhh.

Eu engoli um grito agudo. A sola do meu sapato estava todinha derretida e agora eu estava praticamente correndo em cima da brasa fervendo. Eu tentei me imaginar correndo por cima do gelo.

AU-AI-AU-AI-AU-AI

Virei e vi que o Eric estava segurando o pé esquerdo. Pelo que dava para ver, Eric não tinha usado meu truque dos cubos de gelo. Atrás dele, o Hindenburg surgiu no corredor esquerdo, com o detonador apontado para nós.

— Rápido! — eu gritei. O Eric correu por trás de mim e eu peguei um escudo da pilha de tralhas.

PÁ!

Meu escudo desintegrou. Peguei outro e continuei correndo.

PÁ!

Meu segundo escudo também desintegrou. Peguei um último escudo antes de me jogar na sala verde.

PÁ!

O terceiro tiro atravessou o escudo. Felizmente, passou por cima da minha cabeça.

— Nãããão veeeeejo a hooooora — o vídeo do Max tagarelava atrás de mim, com dificuldades para terminar a fala.

— Sai da frente! — Eric gritou.

Olhei para cima e vi o Eric parado no meio da sala, com a camiseta amarrada no pé, girando a marreta motorizada cada vez mais rápido. Eu saí do caminho assim que o Hindenburg atravessou a parede. O Eric então lançou a marreta no ar. Desta vez, o alienígena estava preparado. O Hindenburg simplesmente esticou um tentáculo, pegou a marreta e a esmagou até ela virar caquinhos.

Para a minha surpresa, o Eric nem se abalou. Ele carregou o punho, encarando o Hindenburg.

— Acho mu-mu-muiiiiiito incríííível — Max continuou.

Em silêncio, comecei a carregar meu punho também. Se a gente combinasse direitinho...

NHACK!

Sem tirar os olhos do Eric nem por um segundo, o Hindenburg lançou um dos seus tentáculos da esquerda e me agarrou pelo pescoço. Eu tentei tomar ar, mas ele apertava muito forte.

— Aquiiiiiiiiiiiii — disse o Max.

Meu punho terminou de carregar. Se eu conseguisse mantê--lo cerrado, talvez ainda pudéssemos tentar fazer o soco combo. O Eric deu um passo à frente e o Hindenburg apertou o meu pescoço ainda mais. Parecia que minha cabeça ia soltar dos ombros.

— Issssssssszzzzzz — Max continuou, com a voz falhando.

O Eric ergueu o punho. O Hindenburg enrolou minha cabeça ainda mais no seu tentáculo. Minha visão ficou preta.

— O seuuuuuu prêêêêêêêêêêêmio — Max terminou.

DING!

Em um último esforço antes de perder a consciência, eu balancei meu punho para a frente e para trás, já sem forças.

POUOUOUOUOUOUOUOUOU!

O Eric pulou e socou, batendo o punho dele com o meu. Buraco negro. Pele sugada. Esperei até que o Hindenburg soltasse o meu pescoço. Clarão de luz. Estrondo. O Hindenburg quase nem se mexeu.

A palavra principal nessa frase é "quase".

Porque o Hindenburg se mexeu um pouquinho. Um tiquinho de nada. E esse tiquinho foi o que eu precisei para tomar fôlego e voltar a enxergar.

Assim que consegui olhar à minha volta, vi, à minha direita, dois troféus, quase ao meu alcance. O Eric pegou um e desapareceu. Antes que o Hindenburg pudesse voltar a apertar meu pescoço, comecei a balançar e me contorcer com todas as minhas forças para tentar alcançar o troféu. Aquele esforço, combinado com o suor escorregadio que cobria o meu corpo, me deu os centímetros de que eu precisava para tocar o troféu com o meu pé descalço.

O troféu estava frio. E, do nada, desapareceu.

BEM-VINDOS AO REUBENVERSO

CARREGANDO OS SERVIDORES...

CAPÍTULO 17

Não confie em nada

Eu agarrei o tentáculo que estava em volta do meu pescoço, tentando encher meus pulmões de ar.

— Jesse!

Eu chutei e golpeei mais forte. Se eu conseguisse fazer o Hindenburg subir um pouquinho...

— Jesse! Acorda!

Abri meus olhos e vi o Eric parado na minha frente.

— Eu tô... sem ar — eu disse ofegante.

— Não tá, não. Nós fomos teletransportados.

Senti meu pescoço. O Eric tinha razão: o tentáculo não estava mais ali, mas parecia que minha traqueia estava sendo esmagada. Tentei engolir o ar e respirei fundo algumas vezes. Tudo parecia normal. Olhei para o Eric. Credo. Aquilo não era nada normal.

— O que é isso que você está usando?

O Eric ajeitou o macacão preto.

— Você está usando a mesma coisa. Parece que é o uniforme daqui.

Eu me sentei para entender onde era "aqui" e tomei um susto quando vi um castelo futurista que chegava até o céu. Parecia que a pessoa que tinha construído aquilo não sabia se construía um castelo ou um arranha-céu, então montaram uma monstruosidade de metal e vidro de trezentos metros de altura.

— Bem-vindos ao Planeta Max! — a voz do Max ecoou do céu. — Tenho um último teste para vocês. Na verdade, é mais uma lição.

Eu me levantei para conseguir olhar melhor em volta. O castelo do Max estava localizado em cima de uma ilha que flutuava em cima de um poço sem fundo. Nuvens vermelhas giravam sobre a nossa cabeça e, embora não estivesse quente como um forno, como era no labirinto, ainda fazia calor pra caramba.

— Vocês provaram que são guerreiros dignos, passaram por testes de força, coragem e resistência — Max continuou. — Mas para vocês se mostrarem verdadeiramente capazes, precisam de uma última habilidade. Foi só depois que aprendi essa habilidade que eu me tornei o Grande Guerreiro Supremo. Hoje, vocês também se tornarão Grandes Guerreiros, porque aprenderão a sabedoria.

Se eu e o Eric pudéssemos revirar nossos olhos mais um pouco, conseguiríamos ver nossos cérebros. Nós só queríamos encontrar o Max, e não ficar ouvindo um sermão esquisito sobre a arte da guerra. Infelizmente, a única coisa que o Max queria era ficar dando sermões esquisitos sobre a arte da guerra.

— Lição número um: não confiem em nada — ele disse. — O sistema foi construído para reprimir vocês. Um verdadeiro guerreiro não segue o caminho traçado para ele. Ele não confia nesse caminho. Ele abre suas próprias portas.

Ficamos esperando mais pérolas de sabedoria, mas o Max parecia ter acabado.

— Valeu, Confúcio — Eric resmungou, indo na direção da fechadura da porta gigante do castelo.

HISSSSSSSS!

De repente, uma enguia-preta nervosa pulou para fora do buraco da fechadura e se agarrou na mão do Eric.

— SOCORRO! — Eric gritou, enquanto se debatia.

Tentei ajudar de longe gritando com a enguia. Como não adiantou, eu me aproximei e tentei dar um golpe de caratê nas costas da enguia. A criatura finalmente se soltou quando o Eric caiu no chão depois de dar um chute no ar.

— Tudo bem? — eu perguntei.

O Eric fez uma careta, esfregando a marca preta que ficou na mão dele.

— Tá queimando.

Eu olhei para a porta. O que deveríamos fazer? Eu que não chegaria perto daquele buraco da fechadura outra vez. Depois, eu me lembrei das palavras do Max.

— Tem que ter outro jeito de entrar — eu disse.

— Hein? — o Eric perguntou, ainda irritado por causa da enguia.

— Um verdadeiro guerreiro abre suas próprias portas. Tem uma entrada secreta.

O Eric olhou para o céu e continuou esfregando a mão.

— Esse é o pior jogo que eu já joguei.

Olhei em volta. Como é que se faz para encontrar uma passagem secreta? Talvez houvesse um arbusto falso que tínhamos que puxar? Um tijolo meio fora do lugar para empurrarmos? Uma pá para cavarmos um túnel?

O Eric teve outra ideia. Ele ficou parado na frente da porta (bem longe do buraco da enguia) e a chutou com toda a força.

— IÁÁÁÁÁÁÁÁ! — O grito de caratê do Eric se transformou em um gemido de dor quando o pé dele atravessou a porta, fazendo-o cair de bunda no chão.

Eu dei um passo para chegar perto do Eric, passando por aquela porta falsa.

— Inacreditável — eu sussurrei.

Passando a porta, havia um porta guarda-chuvas cheio de espadas.

— PEGUE UMA — dizia na placa.

Eu peguei uma espada curva que parecia uma das minhas preferidas do Planeta dos Piratas. O Eric pegou a maior espada que conseguiu encontrar, que na mesma hora se transformou em uma enguia que mordeu a mão dele.

— EU ODEIO ENGUIAS!

Eu cortei a enguia ao meio e ajudei o Eric a escolher uma espada que não mordesse. Passamos pelo hall de entrada e chegamos à torre principal.

— Uuuuuuughhhh — eu gemi.

O castelo do Max já parecia enorme olhando de fora, mas era ainda maior visto de dentro. Lances de escada intermináveis contornavam a torre e se cruzavam no alto, formando ângulos que criavam ilusões de ótica impressionantes. Havia também muitas portas. Muitas portas mesmo. Portas no início das escadas, portas no fim das escadas, portas penduradas na metade da parede, como naqueles desenhos animados que têm umas casas muito engraçadas onde ninguém consegue entrar.

Esperamos um tempinho para nos preparar.

— Vamos? — o Eric perguntou, segurando a maçaneta da porta mais próxima.

Você nem imagina o que a maçaneta fez.

— POR QUE TUDO AQUI VIRA UMA ENGUIA?

Eu cortei a enguia em pedacinhos e o Eric derrubou a porta com um chute.

— Eu tô ficando de saco cheio de... AHHHHHHH!

Um réptil do tamanho de um gorila se lançou contra a porta. O Eric deu um pulo para trás e me acertou, nós dois caímos. A criatura se movia tão rápido que não deu tempo para nada, além de deitar de barriga para cima e começar a chutar. Nada que fosse nos proteger contra uma aberração como...

— UÁÁÁÁÁÁÁÁRRRRRRRRRRRR.

O Eric acertou um chute na barriga da criatura, mandando-a para o ar feito um balão desamarrado. A coisa deu três voltas em torno da sala e explodiu formando uma nuvem de fumaça amarela perto do teto.

Ficamos olhando sem acreditar, até que o Eric rolou para se afastar de mim.

— Não acredite em nada — ele disse.

Aquela seria uma lição muito útil na próxima sala, onde um bicho peludo com cara de Furby nos aguardava.

— E aí, bichinho — eu disse, ao passar por ele. — A gente só está... AHHHHH!

O Furby tirou uma espada de samurai do nada e quase arrancou a minha cabeça. Quando o Eric tentou me ajudar, a criatura desembainhou outra espada e lutou contra nós dois. Depois de vinte minutos de luta de espada (que pareceram umas vinte horas), conseguimos fugir.

Como você pode imaginar, estávamos com os nervos em frangalhos quando abrimos a porta seguinte. Não tinha monstros ali, mas tudo estava de ponta-cabeça.

Perdi a noção do tempo enquanto subíamos devagar, bem devagarinho, o castelo dos pesadelos do Max. Era tipo... você já entrou em uma casa mal-assombrada? Eu só entrei uma vez, e nem foi de propósito. Na Festa de Outono da nossa cidade, alguns anos atrás, um garoto mais velho chamado Oscar nos mostrou uma porta, que, segundo ele, levaria até uma casa onde poderíamos brincar de gostosuras ou travessuras. Acontece que Oscar é um idiota. A porta, na verdade, levava a uma mansão mal-assombrada que parecia não ter fim. Cada passo que dávamos era o passo mais assustador das nossas vidas, porque a gente não sabia que tipo de criatura sairia do escuro para gritar na nossa cara. Quando saímos cambaleando pela porta, estávamos apavorados. Agora você imagine a nossa surpresa quando viramos e descobrimos que a "mansão" que tínhamos acabado de enfrentar não era nada mais do que três minitrailers um do lado do outro.

O que quero dizer é: o cérebro humano não consegue lidar com tanto suspense e tantas surpresas. Quando você está procurando bichos-papões ou esperando pela próxima armadilha ou vendo se não há enguias nas maçanetas, a sua cabeça começa a pirar. Então, quando ouvimos a voz do Max outra vez, parecia que era como reencontrar um velho amigo.

— Parabéns, guerreiros — o Max disse, depois de atravessarmos um lago de piranhas por cima de uma ponte bamba e invisível. — Vocês estão prontos para a última lição. Venham comigo.

Uma linha azul apareceu no chão, dando a volta em toda a sala e terminando em uma porta iluminada que apareceu na parede diante de nós. Eu dei um suspiro de alívio. Será que, em uma situação normal, eu entraria assim, todo faceiro, na toca de um psicopata? Com certeza não. Mas eu e o Eric estávamos tão felizes de finalmente atravessar uma porta sem ter que procurar enguias que a abrimos com alegria. Passando a porta, a linha azul nos levou escada acima, passando depois por uma passagem secreta e entrando em uma grande sala redonda com uma cúpula no teto. A linha terminava em dois papéis dobrados deixados no chão.

Eu peguei o primeiro papel.

— Lição número dois — eu li em voz alta — não confiem em ninguém.

Eric desdobrou o segundo papel.

— Nem em mim.

CREEEEEEEEEC!

Olhei para cima e vi que o teto estava começando a desmoronar. Conseguimos dar dois passos para trás, na direção da porta, antes de o teto desabar em cima de nós.

CAPÍTULO 18

Não confie em ninguém

— Essa foi por pouco.

Fiquei ali, com cara de quem não estava entendendo nada. Em um segundo, eu e o Eric estávamos embaixo de uma pilha de escombros. No outro, estávamos sentados em uma mesa de reunião de frente para o Max. O Max balançou a cabeça, como se estivesse decepcionado.

— Foi por tão, tão pouco.

Eu afastei minha cadeira da mesa e girei devagar. Parecia que tínhamos voltado no tempo. A sala estava cheia de centenas de computadores enormes da década de 1970. Havia também um carpete alaranjado, mesas antigas e cheiro de fumaça de cigarro. A única coisa que confirmava que ainda estávamos no Reubenverso era o suor que continuava pingando da minha testa.

— Não confiem em nada — disse o Max. — "Ninguém" também é "nada". Achei que vocês entenderiam isso sozinhos. — Ele suspirou. — Mas como não entenderam, vou ter que lhes ensinar.

O Eric se esticou por cima da mesa para tentar dar um tabefe no Max; e a mão do meu amigo atravessou o rosto dele. Eric suspirou e se jogou para trás na cadeira.

— Eu recriei, nos mínimos detalhes, a sala onde eu me tornei um guerreiro. — O Max se encostou e abriu os braços. — Hoje, isso aqui é um andar no meu arranha-céu em São Francisco, mas, em 1978, eu ainda não era dono do prédio todo. Eu não tinha nem um andar inteiro. Eu e meu melhor amigo alugamos um pedaço dessa sala para abrir uma empresa juntos.

— AAAAAAARGH — o Eric soltou um suspiro que só acabou quando o Max parou de falar.

— Nós não tínhamos equipamentos sofisticados, não tínhamos uma formação decente e certamente não tínhamos muito dinheiro. Mas tínhamos um ao outro. E, o mais importante, nós tínhamos uma ideia. Uma ideia espetacular. Querem saber qual era? — Ele fez uma pausa dramática. —*Pizza boy*.

— AAAAAAARGH — o Eric repetiu e se levantou. — Eu tô fora. Me avisa quando ele acabar.

— Nós criávamos jogos de videogame antes mesmo de isso se tornar uma profissão. E o nosso maior jogo era o *Pizza boy*. O jogo era incrível. Era sobre um garoto que gostava tanto de pizza que entrava escondido à noite em uma pizzaria mal-assombrada para comer todas as pizzas sem que os pizzaiolos italianos fantasmas o vissem. Nós trabalhamos tanto naquele jogo. Eu fiquei acordado três noites seguidas para terminar a animação. Era uma obra-prima. — Max parecia triste. — Era a nossa obra-prima.

Eu queria dizer ao Max que ele não precisava ficar triste, porque o *Pizza boy* não parecia ser exatamente uma obra-prima, mas eu me segurei, ele não conseguiria me ouvir mesmo.

— Depois da terceira noite sem dormir, fizemos uma festinha para comemorar, só para nós dois. Tomamos muito refrigerante para encarar aquelas noites intermináveis, então brindamos com refrigerante, usando esses copos que vocês estão vendo em cima da mesa. — Max apontou para dois copos pela metade na minha frente. — Naquela manhã, o meu parceiro viajou para vender o jogo para um fabricante de videogames no Japão. Ele prometeu que ligaria assim que a venda desse certo. Esperei por aquela ligação o dia todo. O telefone não tocou. Certo, pode demorar mais do que um dia para vender um jogo, certo? Eu esperei uma semana. E nada. Um mês, talvez? Nada. Na verdade, eu nunca mais falei com ele e nem o vi. Mas sabem o que eu vi depois?

Eu nunca tinha visto o Max tão emotivo. Dava para ver que aquela história era importante mesmo para ele.

— Eu vi o *Pizza boy*. Vi o *Pizza boy* como um jogo de fliperama. Quer dizer, não se chamava mais *Pizza boy*. Não tinha mais nada a ver com pizza. Mas o personagem principal era igual, os fantasmas se mexiam do mesmo jeito e as fases eram quase idênticas. A maior mudança foi o nome. O novo nome era *Pac-Man*.

Ahhhhhhhhhh. Pensando bem, o *Pizza boy* era mesmo parecido com o *Pac-Man*. Agora eu entendi por que o Max estava tão chateado. Ele achava que tinha inventado o jogo mais famoso de todos os tempos e que o seu melhor amigo o tinha roubado.

— Lutei por anos para recuperar a minha criação, mas ninguém acreditou em mim. No final das contas, acabei aprendendo uma lição que gostaria de ensinar para vocês: se quiserem alguma coisa, façam pessoalmente. Como guerreiros, vocês não têm amigos. Vocês só têm aliados. Vocês se aliaram para entrar no meu castelo. Isso é bom. Mas agora chegou a hora de encontrar a grandeza.

Começaram a aparecer bolas flutuantes, fazendo um efeito sonoro igual ao dos fliperamas antigos. *BLUP*. Nessa hora, o Eric correu até um canto.

— Os computadores estão formando um labirinto! — Ele então arregalou os olhos quando viu as bolas flutuantes. — É um labirinto do *Pac-Man*!

— O teste final é jogar o meu *Pizza boy*, do jeito que era pra ser — disse o Max. — Neste jogo, os fantasmas não são seus inimigos. Seu parceiro é o seu inimigo. O jogo só acaba quando um de vocês morrer. E, só pra avisar, ser morto por um fantasma nesse jogo é a experiência mais dolorosa que alguém pode viver.

BLUP-BLUP-BLUB!

O som dos fantasmas começou a se aproximar.

— Só mais uma coisa: eu acrescentei um pequeno ato de clemência nesta versão do jogo. Se vocês não conseguirem empurrar um ao outro para cima de um fantasma, basta beber um dos refrigerantes que estão em cima da mesa. O seu parceiro vai morrer na hora, sem sentir nada. Certo, guerreiros. Lutem pelo seu prêmio. — E, assim, Max desapareceu.

Eu e o Eric nos olhamos em choque por um segundo. E, logo em seguida, ele se jogou para pegar o refrigerante.

BEM-VINDOS ao REUBENVERSO

CARREGANDO OS SERVIDORES...

CAPÍTULO 19

Pizza boy

— ESPERA! — Eu pulei da cadeira e alcancei o copo antes que o Eric pudesse beber.

Mais do que rápido, o Eric tirou o copo dali.

— Não vou deixar você me matar! — ele disse, jogando o refrigerante fora.

Fiquei olhando para ele de boca aberta.

— Você achou mesmo que eu ia beber isso?

Eric jogou o refrigerante do outro copo fora.

— Não sei de mais nada.

— Eric, eu nunca...

BLUP-BLUP-BLUP.

Um fantasma vermelho cortou a minha explicação ao aparecer no meio do labirinto de computadores à minha esquerda. Eu empurrei minha cadeira de rodinhas para ele perder velocidade, mas a cadeira passou direto, porque, óbvio, ele era um fantasma. Eu fui atrás do Eric e nós passamos correndo por outra abertura no labirinto.

— Você deveria saber que eu nunca faria isso com você — tentei outra vez.

— Você só quer saber de seguir as regras dele, não é?

— Fala sério, Eric.

— A regra é que um de nós dois tem que morrer. E quem é que vai ser, heim?

BLUP-BLUP-BLUP!

Um fantasma cor-de-rosa apareceu bem na nossa frente. Demos meia-volta e viramos em outro corredor.

— Ele tá mentindo de novo — Eric continuou. — Tem outro jeito de sair daqui.

Eu concordei, mesmo sabendo, no fundo do meu coração, que o Eric estava errado. Meu amigo não tinha prestado atenção na história do Max, não tinha visto a emoção com que ele contou. Esse negócio do *Pizza boy* era muito importante para o Max, talvez a coisa mais importante que tenha acontecido na vida dele. Todo o Desafio do Grande Guerreiro levava àquele momento. O Max planejou o desafio para equipes porque precisava ensinar essa última lição.

De repente, o Eric freou com tudo.

— Tive uma ideia! Preciso que você faça pezinho pra mim!

Eu fiz pezinho para o Eric subir nas torres de computador e ele me ajudou a subir, bem quando o fantasma azul chegou. Logo os três outros fantasmas chegaram e começaram a andar em círculos perto de onde estávamos. Era assustador, mas pelo menos os quatro fantasmas não nos alcançariam lá no alto. Enquanto eu tentava recuperar o fôlego, aproveitei para dar uma olhada na sala. Era um grande quadrado, parecido com a sala de computadores do senhor Gregory no mundo real. Na verdade, talvez até fosse a mesma sala.

O Eric interrompeu meus pensamentos, apontando para o fantasma azul, aquele que agora só tinha um braço.

— Temos um problema.

Fiquei olhando horrorizado quando começou a brotar um segundo braço no fantasma, tão comprido que alcançava o topo da nossa torre.

— CORRE, CORRE, CORRE!

Eu e o Eric fugimos enquanto o fantasma azul subia. Disparamos por entre as torres, até que duas outras mãos surgiram na nossa frente. Eu agarrei o Eric e me joguei no chão assim que o fantasma cor-de-rosa apareceu. Eu me levantei, dei dois passos e — UFF! — tropecei em um dos fios de extensão que estavam espalhados no chão. O Eric voltou para me ajudar, mas o fantasma cor-de-rosa pulou entre nós.

— SEPARAR! — o Eric gritou.

Eu corri para a esquerda e o Eric correu para a direita. O fantasma cor-de-rosa me escolheu.

BLUP-BLUP-BLUP-BLUP!

Mesmo correndo o mais rápido que eu conseguia, ele ainda estava ganhando. Abaixei a cabeça e forcei o passo ainda mais. Parecia que meu peito estava pegando fogo.

BLUP-BLUP-BLUP-BLUP!

As lágrimas começaram a cair pelo meu rosto quando percebi que não tínhamos saída. Um de nós teria que morrer, era o fim. Eu decidi que seria eu. Quando eu estava prestes a me entregar para o fantasma, tropecei em outro fio.

— UFF!

BLUP-BLUP!

Silêncio.

Olhei para cima. O fantasma não estava mais cor-de-rosa. Agora ele estava azul e com uma cara assustada. Atrás do fantasma estava o Eric, usando um chapéu de chef.

— PIZZA BOY AO RESGATE!

O Eric ultrapassou o fantasma tranquilamente e o derrubou. O fantasma desapareceu fazendo um *BLING!*

— Isso foi incrível! — eu disse.

— *Pizza boy* nunca abandona um soldado.

— O que aconteceu?

— Eu comi um pedaço de pizza e ganhei esse chapéu maneiro.

Nessa hora, o chapéu começou a piscar. Outro fantasma azul estava nos espiando em um canto.

— Sai fora! — o Eric gritou. Ele foi para cima do fantasma, que também desapareceu fazendo *BLING*, junto com o chapéu do Eric, que sumiu de vez.

— Então só precisamos encontrar mais pizzas e matar todos os fantasmas! — eu disse.

— A pizza não mata os fantasmas, só os manda para o meio do labirinto — o Eric explicou. — Você nunca jogou *Pac-Man*?

Eu corri ao lado do Eric por mais alguns segundos até que resolvi abrir a boca para falar de novo.

— Você sabe que um de nós dois vai ter que morrer, né?

— Pare de falar isso!

O fantasma laranja fez uma curva e apareceu na nossa frente. Viramos para o outro lado. O fantasma vermelho apareceu atrás de nós. O Eric se escondeu em um corredor lateral e reapareceu com o chapéu de chef. Eu fiquei plantado esperando enquanto ele corria atrás dos dois fantasmas, gritando e chacoalhando os braços.

— Eu quero que seja eu — eu disse quando ele voltou.

— *Pizza boy* nunca...

— Eric, eu tô falando sério — eu o interrompi.

O Eric me segurou. Pela primeira vez, ele pareceu assustado de verdade.

— Tem outro jeito, tá bom? Você não pode desistir.

— Você tem mais chances contra o Max. Você é melhor nos...

— CHEGA! — O Eric apertou meu braço com mais força. — Não vou desistir enquanto não sairmos daqui, tá me ouvindo?

Ele deu mais dois passos antes de tropeçar em outro cabo.

— Essas porcarias desses…

Eu arregalei os olhos.

— Cabos de energia!

— Uma bela de uma droga, isso que eles são… — Eric disse, chutando um para longe.

— Não, eu tive uma ideia! Esses cabos de energia precisam acabar em algum lugar, certo?

— É. Na parede.

— Não, quer dizer, tem um monte de cabos aqui. Precisa ter alguma coisa grande para aguentar toda essa energia.

Eric inclinou a cabeça, parecendo não entender nada.

— Acho que essa sala é uma réplica da sala onde o senhor Gregory está. Lembra que ele disse que podia desligar a energia?

Os olhos do Eric se iluminaram.

— O quadro de eletricidade!

— Isso! Aposto que a gente consegue desligar o jogo se encontrarmos o quadro!

— ISSO!

BLUP-BLUP-BLUP!

Os fantasmas cor-de-rosa e laranja apareceram em um canto na nossa frente, enquanto os fantasmas azul e vermelho cortaram o caminho por trás de nós. Eles estavam começando a trabalhar juntos.

— Pezinho! — Eric disse.

Ergui o Eric para ele conseguir subir nos computadores e depois ele me puxou. Essa foi por pouco. Tivemos só alguns segundos para olhar em volta da sala. Vamos, vamos, vamos…

— Ali! — Eu apontei para a caixa de metal no canto mais distante.

— E tem uma fatia de pizza! — o Eric gritou, apontando para baixo.

Pulamos da torre e fomos andando em fila para chegar à fatia de pizza. O Eric pegou a pizza, se virou e deu um chute de caratê nos dois fantasmas.

— IIIIIIÁ! IIIIIIÁ!

Subimos em seguida em outra torre para procurar mais uma fatia de pizza. O Eric pegou a pizza e nos protegeu até que chegássemos à próxima fatia. Trabalhamos juntos para atravessar o labirinto. Quando chegamos à quarta fatia de pizza, os fantasmas estavam muito bravos. Tipo assim, muito bravos mesmo. Tanto que eles estavam voando pelo labirinto duas vezes mais rápido do que nós conseguíamos correr. Subimos em outra torre e traçamos um caminho para chegar até o quadro elétrico.

— Eu consigo! — eu gritei para o Eric. — Você está com a pizza?

— Éééééé...

Sem tempo para conversa. Dez dedos cor-de-rosa apareceram ao lado do Eric. Pulamos para fora da torre e saímos correndo na direção do quadro.

Lá pela metade do caminho, percebi que eu tinha cometido um erro enorme.

O quadro elétrico estava longe demais e eu não conseguiria alcançá-lo de uma só vez, e o fantasma laranja estava vindo atrás de mim muito rápido.

— ERIC! UMA PIZZA AGORA SERIA UMA BOA!

BLUP-BLUP-BLUP-BLUP!

O fantasma laranja sentiu o cheiro do nosso medo. Ele parecia estar acelerando ainda mais. Virei em um canto e tropecei em um cabo, mas dessa vez sem cair.

BLUP-BLUP-BLUP!

O quadro elétrico estava a uns vinte metros de distância. Quinze. Eu podia sentir o fantasma atrás de mim, uma sensação de eletricidade estática. Mais cinco passos e estaria tudo acabado. O tempo começou a passar em câmera lenta.

BLUP!

Eu respirei fundo e fiquei tenso.

BLUP!

Alguma coisa bateu na torre do final do corredor.

BLUP!

Eric.

BLUP!

Os nossos olhares se cruzaram e o Eric percebeu naquela hora que eu estava prestes a ser devorado pelo fantasma.

BLUP!

Sem hesitar, o Eric usou toda a sua força para empurrar a torre do computador.

BLUP!

Fiquei meio confuso por um instante e então comecei a gritar quando vi o fantasma vermelho virando bem atrás do Eric

BLUP!

O Eric se atirou de cabeça dentro da barriga do fantasma.

CAPÍTULO 20

Saída de emergência

— AHHHHHHHH!

Eric soltou o grito mais estridente que eu já ouvi na vida. Com o grito, o fantasma laranja atrás de mim parou de repente.

— ERIC!

O rosto do Eric congelou, mas o grito continuava saindo da sua boca. O corpo dele ficou cinza e cheio de rachaduras, como naquela roupa do planeta dos dinossauros. O grito dele foi ficando cada vez mais agudo, até que começou a soar digitalizado, como naquelas músicas com o som distorcido.

— AHHHHHHH!

Corri na direção do Eric, já com lágrimas escorrendo pelo rosto. O que eu podia fazer? Arrancá-lo de dentro do fantasma? O braço dele podia quebrar. Olhei para o outro lado. Foi então que notei o quadro elétrico.

É claro.

Provavelmente já era tarde demais, mas eu saí derrapando até o quadro, abri a porta de metal e virei todas as chaves para a posição de "Desligado".

As luzes amarelas se apagaram na hora. O zumbido dos computadores também. Até os fantasmas desapareceram. A única coisa que ficou foi o som do grito do Eric. E até isso foi sumindo aos poucos.

— AHHHHHhhhhhhhh...

Depois de um instante de silêncio, eu chamei:

— Eric?

Sem resposta. Fui andando devagar para os meus olhos se acostumarem com a penumbra, iluminada apenas pela luz vermelha da placa de saída.

— Eric? Cadê você?

Eu parei de andar e fiquei ouvindo. Ouvi alguém respirando com dificuldade.

— Eric! Fala comigo! — Quando cheguei até o meu amigo, fiquei desesperado. Sim, ele ainda estava vivo, mas parecia que não deveria estar. Cada centímetro do corpo dele tremia. Suas mãos estavam cerradas e os olhos, apertados.

Segurei uma das mãos do meu amigo.

— Eric, tá tudo bem. Eles foram embora. Todos eles sumiram.

— Tá doendo...

— O que tá doendo? Fala pra mim.

— Caaabeeeeeça.

— Certo, eu vou... — Eu paralisei quando olhei para a cabeça do Eric. Não sei exatamente como explicar, mas a cabeça dele parecia um daqueles projetos de argila que a gente faz na aula de artes, depois de passar pelo forno. Estava toda cheia de caroços, com várias rachaduras no couro cabeludo. Eu engoli em seco.

— Vamos fazer um curativo, tá bom?

— P-p-p-p-p... — Eric batia os dentes, mas por fim conseguiu dizer. — Peito.

— O seu peito também está doendo? Tudo bem. Nós vamos...

De repente, Eric arregalou os olhos.

— FOGO! TÁ PEGANDO FOGO! — Ele começou a bater no peito.

— Pare com isso! Não tá pegando fogo!

Mas o Eric não me ouvia. Ele continuou golpeando o peito cada vez mais forte, até que ouvimos um estralo. Eric começou a gemer.

— Ohhhhhhhhhhhhhhh.

Minhas lágrimas caíram no corpo do Eric.

— Fica aqui deitado, tá bom? Preciso que você fique deitado.

Olhei para cima, para organizar meus pensamentos, e percebi que tinha uma câmera de segurança apontada para mim.

— Ei! — eu gritei. — Nós vencemos o seu desafio!

Nada aconteceu.

— Tira a gente daqui!

A câmera continuou me encarando.

Eu me levantei, arranquei um botão do computador mais próximo, fui até a câmera e arremessei o botão com tanta força que meu cotovelo doeu.

— VOCÊ PRECISA CONSERTAR O ERIC! TÁ ME OUVINDO?

Eu estava arrancando outro botão quando ouvi um estalo. Olhei na direção do barulho e vi uma fresta abrir na porta debaixo da placa de saída de emergência.

— Espera aqui! — falei para o Eric, já andando na direção da porta. Meu corpo estava transbordando de tanta raiva e adrenalina que parecia que eu poderia quebrar uma parede com um soco.

— EU TÔ AQUI! — eu gritei, atravessando a porta.

Clic. Clic. Clic.

As luzes no teto começaram a piscar, mostrando um escritório enorme, quase vazio, se não fosse por um baú, uma escrivaninha enorme sobre a qual havia um notebook e duas figuras: o Max e o Hindenburg.

O Max sorriu.

— Bem-vindo, guerreiro.

CAPÍTULO 21

O Grande Guerreiro Supremo

Eu imitei o Eric e corri enfurecido até o Max dando um soco nele com toda a minha força. Um segundo antes de eu encostar na barriga dele, o Max segurou o meu punho.

Era ele de verdade.

— Isso não é muito educado.

— Conserta o Eric — eu rosnei com os dentes cerrados.

Max fez um *tsc-tsc-tsc* pra mim.

— Você deixou as coisas muito mais difíceis do que precisava.

— Nós entendemos o *Pizza Boy*! Agora você precisa consertar o meu amigo!

— O que exatamente vocês entenderam?

— O quadro elétrico! Nós desligamos a coisa toda.

— Ah, você acha que foram vocês que fizeram aquilo? Nãããããão. Nada disso. Vocês não desligaram nada.

— Desligamos, sim. Todas as luzes apagaram. Os fantasmas desapareceram.

O Max deu uma batidinha na minha cabeça, como se eu fosse um bebê.

— Aquele quadro não faz nada. Meu mundo não precisa de eletricidade para funcionar. Só precisa da minha permissão. Tá vendo? — Max estalou os dedos e o fantasma laranja reapareceu a três metros de mim e veio disparado na minha direção. Eu não gritei, não recuei. Max esperou que o fantasma estivesse a um centímetro do meu nariz e estalou os dedos de novo. O fantasma desapareceu. — Eu que desliguei o jogo, para podermos ter essa conversinha. — Max se inclinou um pouco para a frente. — Veja, eu controlo tudo aqui.

— Menos a temperatura — eu retruquei.

— Como é que é?

Apontei para as manchas de suor que se formavam debaixo do braço do Max.

— O Reubenverso está superaquecendo, não está? Por isso que está tão quente aqui.

— Você está com calor? — Max perguntou. — Por que você não me disse antes? — De repente, a temperatura da sala pareceu cair uns dez graus. — Está bom assim? — Tudo virou gelo. — Posso deixar mais frio se você quiser. — Tentei ficar parado, mas não conseguia parar de tremer. Max estalou os dedos de novo e o teto se abriu, revelando uma nevasca violenta. O vento varria a sala e montes de neve começaram a se formar nos cantos.

Eu tremia incontrolavelmente e meus dedos começaram a ficar roxos. Eu fiz de tudo para não dar ao Max a reação que ele estava esperando, mas acabei desistindo.

— CHEGA!

Max encolheu os ombros e estalou os dedos. Tudo voltou ao normal.

— Se você ficar com calor de novo, é só me falar.

— Unnnnnnnnnnng.

Eu me virei e vi o Eric entrando na sala, rastejando e tremendo. Na luz, ele parecia dez vezes pior. Assim que ele entrou, caiu no chão e começou a gemer de novo.

— Unnnnnnnnnnng.

— Nossa — Max disse. — Ele está bem? Ele não parece muito bem.

Ver o meu melhor amigo me fez recuperar a energia. Eu me levantei para dar mais um soco no Max. Dessa vez, ele simplesmente ergueu a mão e eu não consegui mais me mexer.

— Não faça isso — Max disse. Então ele abaixou a mão e o meu punho cerrado voltou para o lado do meu corpo.

O Eric tentou se levantar, mas alguma coisa rachou e ele caiu de novo.

— Unnnnnnnnnng.

— Shhh, shhh, shhh, relaxe — Max disse. Ele caminhou até o Eric, deu duas voltas em torno dele e então olhou para mim. — Que estrago você fez no seu amigo, heim?

— Foi você que fez isso!

— Não, não fui eu. Eu te falei qual seria a melhor forma de resolver tudo isso. Lembra? Isso é culpa sua. — O Max tocou a cabeça do Eric e um monte de fios de cabelo ficaram grudados na mão dele.

Minha adrenalina foi embora e eu senti que estava prestes a cair.

— Faz ele melhorar. Por favor. Só peço isso. Faz ele melhorar e nunca mais vamos te incomodar.

— Você quer que as coisas melhorem? Vou te dar uma segunda chance. — Max foi até a escrivaninha e tirou outro copo de refrigerante de uma gaveta.

Minha respiração acelerou quando o Max colocou o copo de refrigerante na mesa, bem ao lado do computador. Essa era a minha oportunidade. Eu entrei no jogo dele.

— Então, se eu beber isso, o Eric volta ao normal?

— Ah, não, não. Ele nunca vai voltar ao normal — Max disse. — As nossas ações têm consequências. O refrigerante vai matá-lo. Mas sem dor.

— Não! Por favor!

— Escuta. Esta é a lição mais difícil que você vai aprender. Mas, quando você aprendê-la, sua vida vai mudar. Você se tornará um guerreiro. — Como eu não me mexi, Max mudou de tática. — Olhe para ele, Jesse. Ele está sofrendo. Beba logo e a dor vai acabar. Ele quer que você beba.

Eu não conseguia mais olhar para o Eric.

— A dor vai sumir na hora?

— Assim que a primeira gota cair na sua boca. Eu prometo.

Eu respirei fundo e comecei a andar na direção da mesa.

— É assim que se faz — Max disse. — É assim que você se torna um guerreiro.

Eu levantei o copo e olhei para baixo, como se eu estivesse tentando decidir se iria ou não beber o refrigerante. Minha mão estava até tremendo, dando um toque especial para a cena toda.

— Isso mesmo — Max sorriu. — Um gole e tudo estará acabado.

Eu levei o copo à minha boca. Então, no último segundo, eu me virei e atirei o copo no computador.

Foi tudo tão rápido que o Max não teve tempo de me impedir. O refrigerante se espalhou pelo teclado e o computador começou a fazer um monte de barulhos esquisitos. Eu prendi a respiração e olhei para o Max, que ficou me olhando boquiaberto. Então a cabeça dele começou a balançar.

— O-o-o-o que vooooocê fez?

— Eu acabei de salvar o mundo! — eu gritei.

— Você não vai se livraaaaar dess... — Max congelou.

Prendi a respiração. E agora? Será que eu tinha destruído ou só congelado o Reubenverso? Fui andando devagar até o Max, ele parecia uma estátua. Fiquei olhando para ele por um momento e então toquei o seu rosto.

— Pfffffff! — Max chiou e sua boca foi se abrindo em um sorriso.

Eu dei um pulo para trás.

O chiado do Max se transformou em uma risada escandalosa que durou mais do que deveria.

— Desculpa, desculpa. É que foi muito engraçado! — ele disse, enxugando as lágrimas dos olhos. — Então, vamos esclarecer as coisas, o seu grande plano era derrubar refrigerante no meu teclado? E você achou que explodiria alguma coisa ou algo assim? Olha, vou tentar de novo. — Max começou a tremer a cabeça e ficar vesgo. — Blup, blup, blup! Estou derretendo porque um garoto derrubou refrigerante no meu computador! Hahaha! — Max deu um tapinha nas costas do Hindenburg, que nem se mexeu, então não deu pra entender direito se aquela cena estava mesmo tão engraçada quanto o Max achava que estava.

Eu estava confuso.

— Achei que... esse não é o computador que controla tudo?

— Você ainda não entendeu, né? — Max perguntou. — Não tem nenhum computador principal! Eu que decido o que cada coisa vai ser. — Max apontou para o computador, que virou uma banana. — Sabe por quê? Porque *eu* sou o computador.

Eu me senti enjoado e deprimido.

— E agora? — eu resmunguei.

— Ah, certo! Bom, eu tenho um prêmio para os Grandes Guerreiros. — Max fez um gesto apontando para o baú. — Mas, infelizmente, você não passou no teste, então não é um Grande Guerreiro. Agora vou fazer o Hindenburg te mandar para a Caixa-Preta. E o Eric vai ficar se contorcendo de dor por toda a eternidade e você não vai poder fazer nada por ele, porque sempre que você tocar nele, ele vai se esfarelar feito uma barrinha de cereal. — Max fingiu enxugar uma lágrima do rosto e, quando ele ergueu o braço, deu para ver que a marca de suor tinha se espalhado por toda a camisa. Ele me deu um tapinha na cabeça e eu senti o cheiro forte de suor. — Quero que você saiba que isso não é pessoal e não está acontecendo porque você é um mau garoto. É porque você quebrou as regras do meu mundo e isso significa que você é um erro do meu sistema. E o Hindenburg precisa se livrar dos erros. É o trabalho dele. Você entende, né?

— Que seja — eu disse. — Coloque a gente na Caixa-Preta. Eu não tô nem aí. Mas você precisa parar com aquela coisa do rapto. Você está vendo que o sistema está superaquecendo, não tá?

Aquilo tirou o Max da sua arrogância e prepotência.

— Não está superaquecendo! Está tudo certo!

— Não está certo. Até você está suando!

Max ficou vermelho.

— Está tudo sob controle! Tudo está sob MEU controle! — Ele começou a apontar para toda a sala, fazendo com que árvores brotassem do tapete, a mesa virasse uma rosquinha e uma cachoeira começasse a escorrer pela parede esquerda.

— Max... — eu tentei.

— Eu sou o GRANDE GUERREIRO SUPREMO! — Max berrou, apontando para o Eric, o que fez a mão do meu amigo cair.

Eric ficou olhando em choque para a mão caída, exausto demais até para gritar. Max andou tranquilamente até a mão e a chutou, como se fosse uma tralha qualquer.

— Falha — ele disse ao Hindenburg.

O Hindenburg imediatamente detonou a mão, que desapareceu em uma nuvem de fumaça. A única coisa que sobrou foi um círculo azul queimado.

Max caminhou na minha direção.

— Esse é o *meu* mundo — ele disse com frieza. — Tudo o que eu digo, acontece. Tudo.

Max ficou olhando para mim, como se precisasse ouvir que eu acreditava nele, mas eu não conseguia tirar os olhos do círculo queimado no chão. Eu já tinha visto algo assim antes, não tinha?

Foi quando eu me lembrei: Feijão.

Aquela constatação fez tudo se encaixar para mim. De repente, eu entendi quem o Max era de verdade.

E isso me fez ter uma ideia.

CAPÍTULO 22

A falha

— Posso olhar dentro do baú? — falei de repente.

O pedido pegou o Max de surpresa.

— Dentro do quê?

— Do baú. Eu sei que não ganhamos o desafio, mas eu queria olhar dentro do baú antes de ir embora.

Uma risada maligna se abriu no rosto do Max.

— Eu adoraria te mostrar. — Ele apontou para o baú, que se abriu.

Eu andei até lá e espiei dentro.

— Tá vazio.

Max gargalhou.

— As pessoas virão até aqui por causa de um tesouro que nem existe! Não é engraçado?

— Era o que eu imaginava.

Max me ignorou.

— Não era, não.

— Claro que era! Você deve ter imaginado que algumas pessoas se revoltariam contra você, então bolou esse desafio para encontrá-las. Que guerreiro resistiria a um encontro cara a cara com o inimigo? Aí você criou um desafio impossível que mataria qualquer um que tentasse te enfrentar. O tesouro não tinha nada a ver. Era só uma armadilha para matar os seus concorrentes mais fortes antes que alguém pudesse querer roubar o seu trono.

Max ergueu uma sobrancelha, achando graça por eu ter entendido tudo.

— E também para eu me divertir um pouco.

— Só tem um probleminha — eu disse. — Isso não é uma coisa que um Grande Guerreiro faria.

Max deu de ombros.

— Isso é o que você acha.

— Não, é o que *você* acha. Lembra-se do que você disse? "Um Grande Guerreiro nunca foge de um desafio."

— Grande coisa. Hora de ir pra Caixa-Preta.

— Espera um pouco! — Eu comecei a ganhar forças. — Você disse que não era só um Grande Guerreiro, mas que era o Grande Guerreiro *Supremo*. Então qual é? Não dá para ser as duas coisas. Isso se chama…

— Falha! — Max interrompeu e apontou para mim. — Ele é uma falha!

O Hindenburg ficou me encarando com o detonador apontado, sem saber o que fazer.

Eu sorri.

— Você se lembra do Feijão?

— Eu já disse que ele é uma falha! — Max repetiu para o Hindenburg.

— O Feijão foi o nome que o Eric deu para o gato do seu desafio de coragem. O Feijão quebrou as regras, não quebrou? Ele fez um buraco na parede com as patinhas para nos salvar.

— Eu apontei para o círculo queimado onde estava a mão do Eric. — O Feijão foi detonado pelo Hindenburg porque fez uma coisa que não deveria ter feito.

Naquela hora, o Max estava mais vermelho do que nunca. Ele apontou para mim, mas o Hindenburg se colocou entre nós. Uma onda de energia ricocheteou do Hindenburg e fez o Max cambalear para trás.

— Assim que o Hindenburg apareceu, você recebeu o relatório de erro, do jeito que pediu — eu continuei.

— CHEGA DE CONVERSA!

— E, quando você viu o que tinha acontecido, entrou em pânico. De onde surgiram esses garotos, e como é que eles conseguiram vencer metade dos desafios?

Max apontou para o teto, que caiu na minha cabeça. O Hindenburg ergueu o punho e um escudo azul me protegeu dos escombros.

— Em pânico, você começou o Rapto Reuben antes do previsto. É por isso que os nossos relógios mostravam que ainda tinha tempo de sobra. Você não teve paciência para seguir com o plano.

Max apontou para o chão, que desapareceu debaixo dos meus pés. O Hindenburg me segurou antes que eu caísse.

— VOCÊ! — Max apontou para o Hindenburg. — ESTÁ DEMITIDO!

— Você não pode demitir um Hindenburg — eu disse. — Eles protegem as regras e se livram dos erros. E se um erro tentar eliminar um Hindenburg?

Max ficou furioso. Ele apertou alguns botões no relógio dele.

— Vou dar um jeito nisso. — O rosto dele começou a ficar todo quadriculado. De repente, o Hindenburg pegou o Max pelo pescoço e ele voltou ao normal.

— Você disse que era o Grande Guerreiro Supremo e depois contou o que isso significava — eu disse. — Um guerreiro é sempre forte e corajoso. Alguém que aguenta até o final. É sábio. Este é o seu mundo e foi isso que você disse. Então deveria ser verdade. Mas não é. Como isso pode ser verdade? Hoje você provou que não passa de um covarde. Você não tem coragem de encarar um desafio justo. Você não tem resistência para aguentar até o final. E sabe por quê? Provavelmente não foi muito sábio ter deixado a gente ficar por aqui.

O Hindenburg ficou segurando o Max pelo pescoço e o encarando durante todo o meu discurso.

— Você quer ver um guerreiro? — Eu apontei para o Eric, com o dedo tremendo. — Ali está um guerreiro.

O Hindenburg apertou ainda mais.

— Você não é guerreiro coisa nenhuma, Max. Você é um impostor. Um mentiroso. E, por isso, você é uma falha.

Assim que eu terminei, prendi a respiração e fiquei observando o Hindenburg atentamente. O alienígena ficou encarando o Max por uns cinco segundos e depois o soltou no chão.

— Obrigado — Max se ajeitou. — Farei questão de...

Ele parou de falar quando olhou para cima e viu o Hindenburg acenando.

Tchauzinho.

PÁ!

E, num piscar de olhos, o Max desapareceu. Mas o Hindenburg ainda não tinha acabado. Depois de detonar o Max, ele se virou para o Eric e acenou.

— Espera! — eu gritei.

PÁ!

Eu ouvi o tiro, mas não vi nada. Isso porque uma luz branca ofuscante se espalhou pela sala toda pouco antes do tiro.

— ERIC! — eu gritei, cobrindo os olhos. Eu me encolhi e espiei entre os dedos, tentando encontrar o meu amigo. Mas o que eu vi foi o Hindenburg acenando para mim. Ele ergueu o detonador, mas a luz o engoliu antes que ele pudesse disparar.

Então a luz me engoliu também.

UUUUUUSH!

BEM-VINDOS AO REUBENVERSO

CARREGANDO OS SERVIDORES...

CAPÍTULO 23

Contagem regressiva

— QUEM TÁ AÍ?
Abri meus olhos e vi uma arma cutucando o meu rosto.

— Abaixe a arma! — outra pessoa gritou. — É um garoto!

Tentei olhar em volta, mas a sala estava escura e não dava para ver muita coisa. Só consegui distinguir o perfil de uns vinte ou trinta caras fortões segurando armas.

Outra voz se manifestou.

— A temperatura estabilizou. Liguem a energia! — Reconheci aquela voz. Era o senhor Gregory!

Luzes foram acendendo por todos os lados, mostrando que eu tinha voltado para a sala de computadores do escritório de verdade do Max em São Francisco. A sala estava cheia de homens com coletes do FBI. Um deles me levou até o senhor Gregory.

— Senhor, com licença, você sabe quem é ele?

— Agora não posso, estou... — O senhor Gregory olhou para mim e arregalou os olhos. — Jesse?!?

— Cadê o Eric? — eu perguntei.

— Eu não... onde você... como é que... — O senhor Gregory tinha um milhão de perguntas e o cérebro dele não conseguia decidir qual fazer primeiro. Por fim, ele conseguiu terminar uma frase. — Foi você que fez isso? — ele perguntou, apontando para uma tela no computador.

Olhei de perto. A tela mostrava um número que ia baixando muito rápido.

1.643.221.

994.576.

521.877.

— O que é isso?

— A população do Reubenverso! — o senhor Gregory disse.

— Nós... nós conseguimos desligar?

— Você que tem que me dizer!

Eu fiz uma careta e repeti a pergunta que tinha feito antes.

— Cadê o Eric?

— Logo vai chegar no zero — o senhor Gregory disse. — Acho que ele pode chegar a qualquer instante.

133.592.

99.555.

77.628.

Comecei a entrar em pânico.

— Não, ele estava muito mal! Muito mal mesmo! Precisamos voltar para salvá-lo. — Antes que alguém pudesse me impedir, corri até a porta do Reubenverso e abri. Não havia mais um redemoinho de luz, só uma parede de escritório normal.

Um dos caras do FBI colocou a mão no meu ombro.

— Vamos. Precisamos te examinar.

— Eu vou assim que o Eric chegar! — Eu me virei e voltei correndo até a torre de computadores.

23.003.

15.909.

11.777.

— Você disse que ele estava mal... Mal como? — o senhor Gregory perguntou, gentilmente.

— Ele estava preto e branco e a pele dele estava cheia de rachaduras, e ele estava caindo aos pedaços e a mão dele... a mão dele... — Eu parei de falar e olhei para a contagem regressiva, para o senhor Gregory não me ver chorando.

O senhor Gregory colocou a mão nas minhas costas.

— Está tudo bem. Vai ficar tudo bem.

Eu tentei acreditar nele. O senhor Gregory sabia de muitas coisas. Ele não me diria que o Eric ficaria bem se não fosse verdade, eu acho. Mas ele não estava lá, ele não ouviu o barulho que o peito do Eric fez ao rachar. Os ossos do peito não deveriam quebrar nunca. Quando me lembrei daquele som, minha cabeça começou a doer, minha respiração ficou estranha e ficou difícil controlar as lágrimas. Olhei para o relógio com a contagem regressiva para tentar manter o controle.

6.421.

4.453.

2.976.

Em vez de pensar no pior, tentei imaginar essa história virando um filme. A sala de cinema estaria toda em silêncio, tensa, e a câmera focaria a imagem em um agente do FBI fazendo uma oração baixinho. Esperaríamos até a contagem regressiva chegar a 1. E quando parecesse não haver mais esperanças, ouviríamos uma voz do outro lado da sala.

— Estavam com saudades de mim? — Todos nós viraríamos e veríamos o Eric acenando. E então todos comemorariam, começaria a tocar uma música alegre e a câmera se afastaria enquanto todos cercariam o Eric.

Eu fiquei com aquela imagem feliz na cabeça enquanto o relógio ia descendo cada vez mais.

5.

3.

1.

O último número ficou parado na tela por um segundo. E então veio o zero.

E nada de o Eric aparecer.

CAPÍTULO 24

Hulkabeção

— Parece que o seu amigo foi um verdadeiro herói — disse um agente do FBI, enquanto saíamos da sede da empresa do Max naquela noite.

— É — eu corrigi. — Ele é um herói. Ele vai voltar.

O agente pareceu constrangido.

— Verificamos todos os servidores. Eu sinto muito, mas não tem mais ninguém lá dentro.

— Isso é o que nós vamos ver — eu respondi.

Eu repetiria aquela frase muitas vezes nas semanas seguintes... Quando uma enfermeira militar apertou minha mão enquanto eu entrava em um equipamento para fazer um exame no cérebro.

— Isso é o que nós vamos ver.

Quando um agente secreto tirou os olhos das suas anotações durante uma das nossas entrevistas.

— Seu amigo fez um grande sacrifício.

— Isso é o que nós vamos ver.

Quando um psiquiatra do governo começou com a lenga-lenga.

— Perder um melhor amigo...

— Isso é o que nós vamos ver.

A pior parte foi quando as pessoas pararam de achar que precisavam dizer alguma coisa. Elas só me olhavam com um olhar triste, tirando de mim a oportunidade de dizer que o Eric ficaria bem. Podia passar o tempo que fosse, eu continuaria me agarrando à esperança de que o Eric voltaria. Ele tinha que voltar. O senhor Gregory disse que ele voltaria.

Várias vezes tentei conversar com o senhor Gregory após a minha volta, mas nunca tive a chance. Tantas pessoas o culpavam pelo desastre do Reubenverso que o FBI mandou toda a família dele para algum lugar secreto. Eu repetia para todos que estavam dispostos a ouvir que aquilo não era culpa do senhor Gregory, que na verdade ele tinha tentado impedir que o Max fizesse tudo aquilo. Mas quase todo mundo tinha um amigo ou um parente que fora sugado para o Reubenverso durante o Rapto Reuben e eles precisavam culpar alguém pela breve estadia dos seus entes queridos no Planeta das Fuinhas Furiosas. É claro que ninguém tinha morrido, mas a experiência era muito traumática. Como o Max Reuben não voltou, o senhor Gregory virou o alvo mais óbvio da revolta.

Mas depois de um ou dois meses, as pessoas passaram a concentrar a revolta delas em algum outro problema, agentes do governo com sorrisos falsos pararam de aparecer na minha casa e os jornalistas pararam de pedir entrevistas. As coisas aos poucos iam voltando ao normal. O novo normal. Sem o meu melhor amigo.

Eu tentava manter a memória do Eric viva falando sobre as nossas aventuras. Mas infelizmente poucas pessoas aguentavam ouvir uma história do Eric até o fim. Sempre que eu falava das nossas aventuras com a minha mãe, por exemplo, ela acompanhava, concordando com a cabeça, até eu chegar em uma frase tipo "Aí vieram uns robôs com facas para cima do meu rosto, mas eu desviei deles". Ela entrava em pânico e eu acabava desistindo.

— Ah, esquece.

Quando as aulas voltaram, comecei a andar com o Mark Whitman. O Mark não falava muito, mas pelo menos entendia tudo o que eu tinha passado. Ele respondia pacientemente as minhas perguntas sobre a Caixa-Preta, mesmo dando para ver que ele não gostava de falar sobre aquilo. Também comecei a conversar por vídeo com a Sam, lá da Austrália. Eu me lembrava da Sam muito brava nas nossas aventuras, mas ela acabou se mostrando uma excelente ouvinte. Ela me deixava falar sem parar e fingia que a qualidade da ligação estava ruim quando eu começava a chorar, para eu não ter que admitir que estava chorando.

Alguns dias, eu achava mais difícil manter a esperança. Talvez o dia mais difícil tenha sido um sábado, no final de setembro, quando eu fui pegar minhas coisas na casa do Eric. Eu ia muitas vezes à casa dele naquela época, sempre que eu me lembrava de algo que tinha deixado no porão. Todas as vezes que eu aparecia, dava para ver que a minha presença reabria uma ferida na senhora Conrad. Por fim, eu sugeri que fizéssemos um dia de faxina, para que eu pudesse pegar todas as minhas coisas de uma vez.

Aquilo foi muito pior do que eu imaginava. Os agentes do governo já tinham retirado tudo que tinha a ver com videogames há muito tempo, mas eu subestimei a quantidade de lixo que eu e o Eric tínhamos acumulado. Havia uma sacola de tubinhos de papel higiênico, cata-ventos e fios que tínhamos colecionado na esperança de construir a maior pista de corrida de bolinhas do mundo. Tinha a caixa de jogos de tabuleiro, com peças de todos os jogos misturadas para sempre. E havia um armário cheio de camadas de brinquedos que os arqueólogos poderiam usar para datar as eras na vida de uma criança. Tinha a era Mickey Mouse, depois a era dos caminhões, depois a era Hot Wheels, depois a era Tartarugas Ninja. Durante quase todo o dia, fiquei remexendo nas tranqueiras em silêncio, junto com os pais do Eric.

O senhor Conrad tirou um travesseiro em forma de bacon de trás do sofá.

— É seu? — ele perguntou.

— Não.

O senhor Conrad cheirou o travesseiro, fez uma careta e enfiou num saco de lixo.

A senhora Conrad balançou a cabeça negativamente.

— Este era um dos preferidos do Eric. — Então ela se virou para mim e mostrou um boneco sem cabeça. — Isso é lixo?

— Podemos guardar? — eu perguntei. — Eu e o Eric íamos colocar uma cabeça do Hulk nele, mas nunca achamos o Hulk do Eric. Eu ainda acho que seria maneiro.

— Ah, eu encontrei o Hulk — o senhor Conrad disse. Ele vasculhou uma caixa e tirou de lá de dentro um boneco do Incrível Hulk. Eu tirei a cabeça, coloquei no outro boneco e sorri. Encaixou perfeitamente.

Din-don!

A campainha tocou. A senhora Conrad suspirou.

— Eu não consigo. Não dá. Você pode atender, querido?

A cabeça do senhor Conrad apareceu atrás do sofá.

— Só um segundo.

— Eu posso atender — eu disse.

— Tem certeza? — a senhora Conrad perguntou. — Fala que não podemos atender agora.

— Certo. — Eu subi as escadas com o boneco na mão e abri a porta.

— HULKABEÇÃO! — o Eric gritou.

Eu deixei o boneco cair no chão. Não pode ser. Não. Pode. Ser. Eu abri minha boca para dizer alguma coisa, mas não consegui. Por fim, eu fiz a única coisa que consegui. Cutuquei o

Eric para ver se ele era de verdade. Meu dedo afundou na barriga dele.

Antes que eu pudesse fazer qualquer outra coisa idiota, o Eric me esmagou com um abraço.

— Achei que nunca mais veria você!

Eu segurei o Eric pelo ombro e o olhei de cima a baixo. A cor dele estava normal! Sem rachaduras! Ele até tinha as duas mãos!

— Onde você estava? — eu perguntei.

— Eu não sei. Era um lugar escuro e vazio e eu fiquei lá por um tempão. Mas aí o senhor Gregory conseguiu me tirar de lá!

Ele apontou para um carro na rua e ao volante havia alguém muito parecido com o senhor Gregory, mas era como se o cabelo espetado dele tivesse sido trocado por uma daquelas escovas de chão. Os olhos do motorista arregalaram e ele acenou com a cabeça.

— Quer dizer, senhor Gregory não — o Eric disse. — Senhor Bob ou algo assim.

Pensei no Eric preso na Caixa-Preta e me senti mal.

— Deve ter sido uma droga ficar preso lá.

— Que nada! — o Eric disse. — Você salvou o mundo! Além disso, eu tinha alguém para me fazer companhia. Você acha que os meus pais vão me deixar ficar com ele?

Olhei para baixo e fiquei chocado. Olhando pra mim, no meio das pernas do Eric estava o gatinho com os maiores olhos do mundo: FEIJÃO!

CAPÍTULO 25

Fim de Jogo

Esta história tem um final triste e horrível. Você deveria voltar e ler o começo e o meio, porque, sinceramente, são as únicas partes que vão trazer um pouco de alegria.

Pronto, funcionou? Será que nos livramos de todas as pessoas que costumam pular direto para o final do livro? Ótimo. Porque esta história não poderia ter um final mais feliz.

É claro que os pais do Eric o deixaram ficar com o Feijão. Eles ficaram tão felizes ao vê-lo que provavelmente o teriam deixado ficar com um chacal. Por sorte, o Feijão era muito mais bonzinho que um chacal. Ele era fofinho, é claro. Mas era também muito inteligente. Provavelmente o gato mais inteligente do mundo. Como o Eric passou todo aquele tempo na Caixa-Preta ensinando uns truques para o Feijão, agora o gato podia plantar bananeira, usar o rabo como pula-pula, miar quinze músicas de Natal diferentes e dançar o Pop Pop.

O Eric também estava diferente. Enquanto o Mark Whitman tinha voltado da Caixa-Preta mais calado e abalado, o Eric agora estava ainda mais empolgado com a vida. No primeiro dia, depois que voltou, ele nos levou a uma sorveteria, onde experimentou 31 sabores de sorvete e disse que cada um deles era o melhor que ele já tinha provado. Ele não conseguia deixar de fazer carinho em qualquer gato ou cachorro que visse. O Eric abriu mão do antigo porão que parecia uma caverna e começou a passar mais tempo brincando fora de casa. Às vezes, principalmente quando estava sol, ele me arrastava até o parque depois do café da manhã e só voltávamos para casa quando já estava escuro.

Foi durante um desses dias no parque que finalmente tive coragem de perguntar ao Eric uma coisa que estava me incomodando desde que ele desaparecera. O Feijão tinha acabado de atravessar a rua para cumprimentar um casal de velhinhos (sim, nós levávamos o Feijão para passear. Eu disse que ele era um gato estranho), e foi então que eu perguntei:

— Doeu muito?

— O quê? — o Eric perguntou.

— O Max disse que você ficaria se contorcendo de dor dentro da Caixa-Preta. Isso aconteceu?

— Não! — Eric respondeu. — Eu estava tão caindo aos pedaços que, quando o Hindenburg atirou em mim, meu corpo explodiu inteirinho.

Aquilo me fez perder as palavras.

— O quê? Então como você não morreu?

Eric deu de ombros.

— Sei lá, foi muito esquisito. Eu não tinha um corpo lá dentro. Eu conseguia conversar com o Feijão, mas não conseguia tocar nele. O senhor Gregory disse que o meu cérebro foi a única coisa que entrou na Caixa-Preta.

Fiquei pensando naquilo por um instante.

— Você deve ter se sentido sozinho.

— Sim, por um tempinho. Mas eu tinha o Feijão.

Naquela hora, o Feijão fez a alegria de uma mulher que estava correndo, ao jogar um beijinho para ela.

— E, além disso, eu descobri que meu cérebro é ótimo em lembrar as coisas. Tipo, se eu me concentrasse pra caramba, eu conseguia jogar um jogo de videogame inteirinho só em pensamento.

— Uau!

— Foi bem legal, mas não foi o que me ajudou a aguentar todo esse tempo. — Eric virou para mim. — Foi você.

Eu olhei para o chão.

— Sempre que eu começava a me sentir deprimido, sozinho ou sei lá o quê, eu me lembrava de todas as coisas maneiras que nós fizemos. Eu devo ter revivido aquele desafio de força um milhão de vezes. E sempre que eu pensava em desistir, eu me lembrava daquilo que você falou sobre eu ser um guerreiro.

— Você é um guerreiro — eu respondi imediatamente.

Eric concordou com a cabeça.

— Você também.

Olhei de novo para o chão e me permiti abrir um sorriso. Talvez eu fosse mesmo um guerreiro.

SOBRE OS AUTORES

DUSTIN BRADY

Dustin Brady vive em Cleveland, Ohio, com a esposa, Deserae, seu cachorro, Nugget, e os filhos. Ele passou boa parte da vida perdendo no *Super Smash Bros.* para o irmão Jesse e para o amigo Eric. Você pode descobrir os próximos projetos dele em dustinbradybooks.com ou mandando um e-mail pelo endereço dustin@dustinbradybooks.com.

JESSE BRADY

Jesse Brady é ilustrador e animador profissional, vive em Pensacola, na Flórida. Sua esposa, April, também é uma ilustradora incrível! Quando criança, Jesse adorava fazer desenhos dos seus jogos de videogame preferidos e passou muito tempo detonando o irmão, Dustin, no *Super Smash Bros.* Você pode ver alguns dos melhores trabalhos do Jesse no site www.jessebradyart.com, e pode mandar um e-mail para ele pelo endereço jessebradyart@gmail.com.

LEIA OS OUTROS LIVROS DA SÉRIE

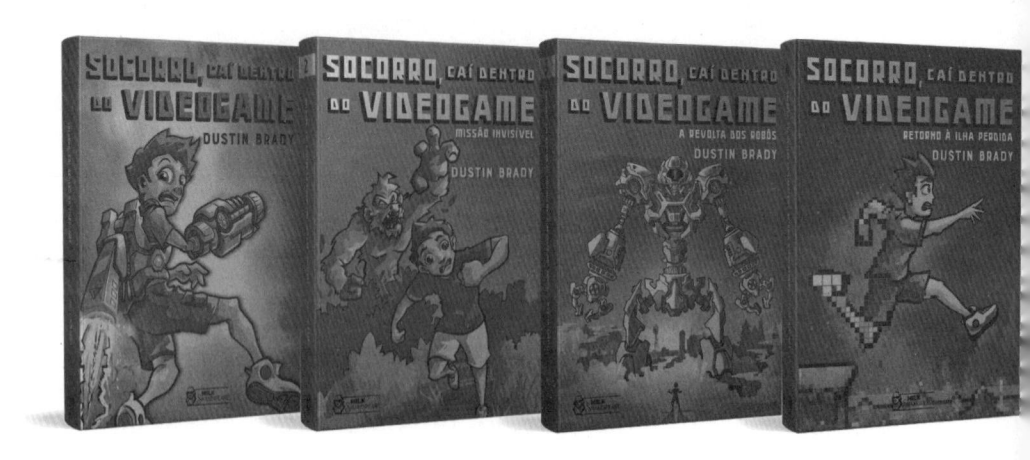

ASSINE NOSSA NEWSLETTER E RECEBA INFORMAÇÕES DE TODOS OS LANÇAMENTOS

www.faroeditorial.com.br

FARO EDITORIAL

ESTA OBRA FOI IMPRESSA EM AGOSTO DE 2022